SHANHOU
DEQIU

山后的秋

张宗宪 著

中国文史出版社

序

　　张宗宪同志《山后的秋》散文集付梓出版了，可喜可贺。这是一部读起来朗朗上口、引人入胜，品起来意味深长、给人启迪的好作品。作者张宗宪同志，生于农家，军人出身，长期在基层一线工作。他热爱生活，谦逊好学，勤奋精进。对事物认真观察，深入思考；对文学倾心挚爱，孜孜以求；对事业高度负责，殚精竭虑。不论求学读书，军营服役，还是在地方工作，都能苦读善思，笔耕不辍，锲而不舍，久久为功，才有了今天的成就。

　　《山后的秋》共收录了张宗宪同志四十三篇不同时期的作品，作者取材于身边的人和事，用清隽的文笔叙说心中的爱憎情愁，用独特的视角描绘美好社会的风土人情，用感人的故事表达人生的向往追求。丝丝入扣，娓娓动人，妙笔生花。以带有温度的情怀，一丝一缕，一点一滴，一字一句，将祖国的绿水青山与人文历史予以衔接，将地域风情与人物情状进行叠加，将社会现实与思想观念相互交融，见人见物，意境深远，直抵心灵。从而，使作品外延的宽度得以拓展，内涵的深度得以扩充，事中有人，以景写人，情节动人，境界感人。整个散文写作，既是厚重的，又是灵秀的；既是生动的，又是严谨的；既是朴素的，又是高雅的。作者用饱蘸深情的笔触，倾诉着对祖国对人民的炽热之情与赤子之爱，对故土对亲朋的感恩之心与乡愁怀恋，对人生对社会的美好向往与不懈追求。散文中，有对家庭、校园、军营、地方工作的款款回忆，有对人生价值、社会现象的默默感悟，有对家国山河、曼妙风景的深深眷恋。用鲜活的文字、特殊的画面，弹奏出了优美的旋律，美不胜收，让人赏心悦目。

《山后的秋》，思想深邃，手法细腻，引经据典，语言流畅。通篇透露着一种从容，显示着一种自信，充盈着一种洒脱。写风景如诗如画，讲故事跌宕起伏，忆历史鲜活生动，论人生拨云见日，形成了独特的表现风格和艺术审美。作品中，描写了大好河山的壮丽秀美，记录了火热军营的豪迈情怀，讴歌了中华民族的悠久文明，赞美了当今时代的崇高风尚，表达了对美好生活的无比向往，体现了对社会现实的深入思考。每一篇作品都让人心灵有所慰藉，思想有所启迪。

读罢《山后的秋》，感到有两个突出的特点："真"与"实"。"真"就是一景一物，一思一念，感情真挚，意境真切，借景抒怀，托物言情。奋进与恬淡相融合，追忆与畅想相呼应，至情至性，境界高远。"实"就是实际客观地把现实中存在的实物、实事、实景给予延伸，丰富了叙述中的意象，开拓了描述中的意境，充实了人们的审美空间。通过《老屋老院》《温泉小镇上的庭院》《涛韵》等作品，可以感受到美的发现、诗的抒发、歌的吟唱，情景交融，雅俗共赏。对甜美情

2

感之讴歌，对生活解读之精妙，对社会感知之深邃，对乡情故土之眷恋，都有其独到之处。

《山后的秋》是一部写实而不刻板、言情而不庸俗的好书，充满着作者精彩人生的履痕，充满着当代积极向上的正能量，充满着人们应有的责任感和使命感，充满着大家对美好生活的追求。值得品读收藏，相信读者会受益匪浅。

李建设

2022 年 10 月 22 日

目　录

第一辑　涛　韵

第二辑　留　白

第三辑　饭　碗

第一辑　涛　韵

　　人一生其实做不了几件事，更多的则是在寻找自己的角色，感受人生的咸淡酸甜。曾经的人，曾经的事，曾经的话，在飘逝的岁月中，不知有多少能留在记忆中；但优秀的人，感人的事，暖心的话，却清晰地嵌在我心的深处。

Shan Hou de Qiu

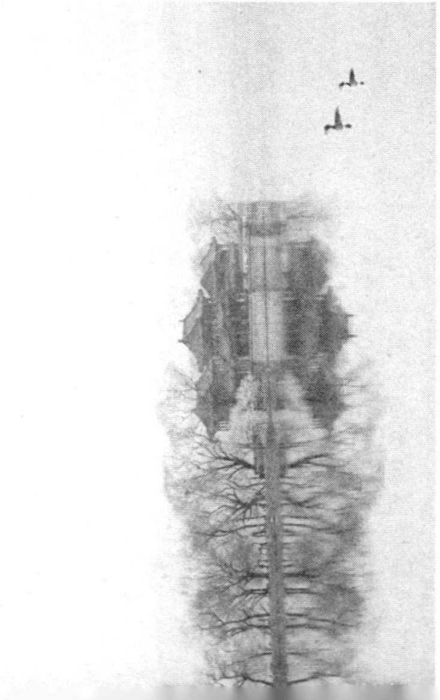

我家的老枣树

我家有棵老枣树，是院里唯一的一棵树。我母亲今年已八十九岁了，据老人家回忆，她进张家门时这棵树就已经有碗口粗细了。屈指一算，这棵树至少也有八十多年的树龄了，真算得上老枣树了。这棵饱经风霜的老枣树枝枝杈杈都刻满了光阴的故事，记录着我家的兴衰变迁。

这棵枣树很挺直，树冠像张开的大伞，皲裂的树皮，显露出沧桑的模样，但看上去挺拔俊美。尤其是到了春天，当百花渐渐败了兴致，枣树才露出鹅黄的叶芽，几经春风春雨，变为绿油油的蔷薇大小的叶子，叶脉清晰，灿烂发亮。叶子根部有两三粒小米状的蕾，微微张开的就是枣花。小小的枣花香气袭人，让你闻得沉醉。秋天到了，枣子红彤彤的，像玛瑙，个小、皮薄、肉多，村里人都叫它"小灵枣"，吃到嘴里脆、酸、甜，令人咀嚼不尽，非常幸福。

我出生在上世纪五十年代末，小时候家里很穷，这棵枣树是我饿时充饥、闲时玩耍的地方。有一次，放学后饥饿难忍，急忙跑回家找东西吃，父母下地还没回来，我把家中能存放食物的地方都翻了一遍，什么也没有找到。这时想到了枣树，三下两下爬到树上，不管枣子生熟就猛往嘴里填，填得差不多了从树上下来时，一不小心没有抱紧，人直接从树上滑了下来，把肚皮划破了几道，不停地沁着血，火辣辣地疼。又一看，裤子也给撕了一个大口子。心想：父母回来后跟他们说不说？说吧，肯定遭到训斥；不说吧，别的可以忍着，但衣服破了缝不上，明天没法去上学，这是我唯一的一条裤子。此时，可能是刚才"囫囵吞枣"的原因，胃里又隐隐约约地疼。疼痛、饥饿、恐惧一拥而至，我忍不住放声大哭起来，哭得真叫伤心。几十年过去了，偶尔想起当时的窘境还在伤感掉泪。

爬树比赛是我们常玩的，不用任何工具，看谁爬树爬得快。那时家里是没有钟表、手表的，没法计时，就数次数，可手脚并用往上爬，爬到树干顶端，谁用次数少谁为胜，胜者有资格摘枣吃。因此，这棵老枣树一天不知被爬上爬下多少回。正应了杜甫的诗句："庭前八月梨枣熟，一日上树能千回。"

我母亲很能干，手也很巧。有一天回家后，看到母亲在枣树下用土坯垒灶台，我不解地问："要在树下做饭，我们还怎么在树上玩呢？做饭烟熏火燎不就把树熏坏了？"母亲一边用手糊泥，一边像对我说又像自言自语："那些理儿谁都知道，有什么办法呢？咱家里穷，买不起煤，也盖不起做饭棚子，烧柴做饭，赶上下雨阴天，满屋熏呛得眼都睁不开，你们没法看书做作业。当娘的只盼着你们好好学习，将来有个出息，现在只好让树受些委屈了。"我一边听着一边也帮着母亲干了起来。灶台垒好后，母亲又在灶台上方搭了一块防雨布，不让烟直接熏到树枝树叶。母亲既心疼这棵树，又想给我们创造良好的学习环境，真是一片苦心啊！

终生难忘的 1976 年，春天到了，我接到了应征入伍通知书。临行前的晚上，当送行辞别的乡亲们散去后，已夜深人静，我独自一人来到院中驻足在枣树前，久久地凝视着它。枣树虽还没有发芽，但已嗅到了春的气息，感到了新的生命在孕育、萌发。我心中一股暖意油然而生，从来没有过像今天这样对这棵树笃厚情深，感慨万千。与它朝夕相伴十八年，给我带来过无数的欢乐和幸福，也见证着我的成长与梦想。"我要远行了，三年后再来看您。"然后深深地向枣树鞠了一躬。

光阴似箭，转眼三年过去了。1979 年秋天，我踏上入伍后第一次探家之路。长途客车在距我村八里地的终点站——铁杆村停下，我步行回家。八里地的路程轻松而愉悦。一路上满眼丰收景象，让人目不暇接。果园里人们挎着篮子摘苹果、摘梨，将停放在果园中的拖拉机装满后送往城里销售；收玉米的乡亲们把砍下的玉米秸放倒在地上，一趟一趟的，像绿色地毯。人们把剥下的玉米倒在地里，一堆一堆的，在太阳照射下金光闪闪。乡亲们见到我回来，都带着满脸的幸福，热情地打着招呼。到家了，父母正在院里等候着，我怀着激动的心情向父母行过礼之后，双目就落到了枣树上，见满枝的枣挤成了疙瘩，便不解地问父母："今年这枣怎么没人摘着吃呢？""这几年可不像你小的时候吃不上喝不上的，用枣充饥顶饿，现在瓜果、粮食一年四季都吃不清，谁还稀罕这小枣儿？"父亲用手指着枣树对我说："你看看原来这树让你们上下磨得都发亮，现在是深深的树皮纹。"能看出父亲说话间透露出一种幸福感。

我由于工作的原因，每一两年才能回家一次。去年夏天带着妻子女儿回家，一进院只见几位老邻居在枣树下闲聊天，见我们进来都热情地跟一家人一样打招呼、让座位。说话间，我突然发现枣树下的灶台没了。邻居张大叔看出了我的心思，说："今年春上，政府掏钱给每家每户'煤改气'，做饭又快又好，还不烟熏火燎，你娘主动把灶台拆掉了。你看这枣树今年就格外绿，枣挂得比往年都多。"李志民是我村老民兵连长，他一边示意让我们坐下，一边说："从你当兵已经四十年了吧，这四十年真是天翻地覆的变化。"他把话题一打开就不容他往下说了，大家都兴奋起来，你一言我一语地说起身边的变化。"不交公粮，哪朝哪代都没做到。""公路村村通，水泥路铺到了家门口，下地干活、串村进城真方便！再也看不到下雨满街泥，刮风满街土了。""就说去年吧，政府为咱村修建文化广场，党和政府真为咱们办实事办好事。做梦也没想到能赶上这个好时代。"邻居们还在兴致勃勃地议论着，谈论着……

枣树在微风中舒展地摇动着，滚圆的"小灵枣"把树枝压得低低的，在倾听着人们的谈论，将这谈论刻录到年轮中，永远记住这个时代。

2018 年 8 月 9 日

兵 之 初

1976 年初春，冀中大地万物萌动，人们已感到了春的气息。

2 月 26 日是我难以忘怀的日子，村民兵连长李志民带领一行人敲锣打鼓到我家，送来了我的应征入伍通知书和光荣入伍匾。家里人激动了，左邻右舍轰动了，屋里院里站满了道喜的父老乡亲。村里人都觉得谁家有人去当兵是非常体面、非常光荣的事，特别是青年男女都投以羡慕的目光。村里人用淳厚质朴的语言嘱咐我："到部队一定要好好干，将来有个出息，为咱们争光。"父母忙里忙外迎接着乡亲，时而笑容满面，时而表情严肃，眼中闪着泪花。能看得出他们既想让我出去闯荡一番新天地，又舍不得我像辛苦抚养成的小鸟，翅膀刚硬就远走高飞的复杂心情。夜深人散了，我安顿父母睡下后，独自和衣躺在炕上，父母、乡亲们的嘱托在脑海中浮现，五味杂陈，热血涌动。

第二天吃过早饭，我从邻居家借来自行车，带上下发的军装，到距家二十五里的县城洗澡换衣服。这是我平生第一次到澡堂洗澡，搓洗后顿感身上轻松了许多。在更衣室从里到外从上到下全部换上部队发的衣服、鞋帽，换得干净、彻底，身上没留下原来的一丝一线。换成了一个全新的自己。在我换衣服时，身旁一位看样子五十来岁、戴着深度近视眼镜的先生，不时地打量着我。他终于说话了："你叫什么名字，哪村的，到什么地方去当兵？""我叫张宗宪，北王宋村的，到哪儿当兵我不知道。""你的名字很好，大宗大宪，将来能成大事。"先生的话现在看来就是一句调侃之言，但当时不谙世事的我还信以为真，身上犹如注入了勇气，仿佛从今天起很多好事就要降临到我头上似的。我匆忙向先生道谢，满怀豪情飞也似的回到家。

我村有个流传很久的不成文习惯，凡谁家有刚过门的新媳妇、应征参军者、高考中榜的人，家家户户都要请吃饭，一般吃饺子，人称吃了百家饭能百事圆满。我每天的时间被安排得满满的，从早吃到晚，不分早中晚三顿了，到每家只能吃上一两个饺子就被下家拽走。村百家饭吃完后，便开始走亲戚。我家亲戚较多且穷，亲戚们除请吃饭外还给些小钱，三毛五毛，一块两块，一遭下来共收了六块多钱。

人的灵魂是被许多铭心不忘的人和事铸就的。一碗饺子一碗面条，一毛钱一块钱，是亲戚和乡亲们让你不管走多远走到哪里，都不要忘记自己的出发地和初心，记住亲情，记住乡愁。世事沧桑，唯念家乡这方水土。

3月3日早6点，全公社新兵要到公社政府所在地——石干村集结出发。我村距石干村三里地，凌晨4点打好背包从家出发。一家人送到家门口我就不让他们再送了，父母含泪又千叮咛万嘱咐一番，我只能低头答应着，努力地不让眼泪流出。深深地向家人鞠一躬，转身由姐陪着奔向集结地。

初春的清晨，田野里散发着芬芳的泥土气息，每吸一口就觉得浑身特别有劲。麦苗泛着绿色，杨柳吐着嫩芽，小草也探出了头。一切都在生长，生长着阳光雨露所能滋养的一切。我们姐弟俩深一脚浅一脚地走在阡陌上，默默地走着，没有了言语，只有心中翻腾着对家乡和亲人的不舍与眷恋。

我怀揣着梦想，怀揣着六块多钱，走上了我的从军之路！

全公社一起参军的十六人，在接兵排长李兆祥、班长张文献的带领下，坐上拖拉机到安平县小火车站集中。县里举行简单的送兵仪式后，我们乘坐小火车到达前么头火车站，换乘没有窗户没有厕所没有座位的闷罐车，席地坐在车里，不知东西南北地任车拉着。当日晚约9点，听到"下车"口令，急忙走出，眼睛不够用地辨认着方向和所在位置。"丰台站。"有人先看到站牌了。

我们兴奋地上了军用卡车，从车站出来在阑珊的灯火下南行。驶出丰台镇后路灯稀疏，车有颠簸，再走没了路灯，车摇晃得厉害。大家在颠簸摇晃中寂静了。近一小时过去了，车终于在一个场院停下。"我们到了，请带好随身物品下车。"一个老兵招呼我们站好队，自我介绍道："我叫郝中朝，在新兵连是你们的班长。你们来到的是北京卫戍区警卫一师一团，是张思德生前所在部队，是支光荣的部队，欢迎你们，我的战友。这地儿是咱团农场，地处大兴县黄村公社宋庄村，也是我们新兵连所在地，我们将在这里度过三个月的新兵连生活。"而后，班长带我们来到宿舍。通长的红砖瓦房，窗户上糊着塑料薄膜，地上铺着稻草，稻草前横放着一根木头，怕稻草弄得满地。砖砌的煤火炉子冒着火苗，人一进来，几只麻雀受到了惊吓，"扑棱"飞了出去。期望等待了一天的我们，按要求很快打开背包铺开，在每人不足五十公分宽的铺面上躺下了。熄灯，无语，各想各的事了。

新兵连的日子是艰苦和有意义的。直线加方块树立整齐划一的意识，队列训练培养步调一致令行禁止的作风，练走、坐、站"三相"养成良好军人形象。有一天，我们正热火朝天地训练时，突然接到通知，所有新兵打背包下连队。大家不明白，怎么刚一个月就下连呢？后来才知道，4月5日发生了惊动中外的"天安门事件"，因执勤兵力不足急需补充兵员。

大轿子车一辆接一辆地把人拉走了，唯独我班没人来接，翘首以望，一天过去了没人来接，第二天过去了还没人来接。第三天来了两个穿"四个兜"的干部来我班挑仪仗兵，过一天又来挑开车司机，后又挑卫生员。每次我们都神情紧张地列好队，"三挺一瞪"面带微笑努力让选走。一次次送走的是战友，一次次在失望中回到宿舍。我班剩下十人，再没有人来挑选，也没了下连队的消息。问班长是怎么回事，班长也不知道。

昔日火热的军营寂静了，龙腾虎跃的操场空荡了。满营房只有我们十名新兵和班长。夜幕降临，满院是黑的，一排排房间里是黑的。黑色也铺满了阒无一人的小路，我踽踽独自走在这弯弯的小路上，不免有了伤感和失落。难道自己的相貌、个头和气质如此不济？如此这样，参军的抱负不就破灭了吗？思绪混乱间突然想起一个故事：栎木坚持自己的本性才活了下

10

来。一名木匠师傅带着徒弟们到树林选木，看到一棵古老栎树，师傅对徒弟们说："这树不好，没有多少用处，做船易沉，做箱易蛀。"栎树听后愤愤地说："正是因为你们说我无用，我才活到现在，你们认为我没有用对我来讲是最有用的。"用这个故事胡乱地鼓舞着自己的士气。

在期盼等待中，一周时间过去了。4月12日清早，一辆卡车停到门前，班长说，赶快打背包上车，今天下连队。大家很高兴。汽车飞快地向东北方向驶去，大家指点着高楼大厦、公交汽车、来往行人，终于看到向往多年的北京城了，但越看越觉得跟想象中的北京城差别还是挺大的。

汽车驶进一个工地停了下来。"这里是在建的北京卫戍区医院，卫戍区十七团一营在配属北京六建施工，我是一连的，领导指示你们暂时加强到一连施工。"大家听到"暂时"后对视，又迷茫了，又不知以后人落何处了。

日子一天一天地过着，搬砖、和灰、筛沙子等，时间稍长，同班长、战友、工人师傅相处得不错，连里指定我为副班长，我非常受鼓舞，吃苦耐劳精神经久不衰。虽然其间又有四人被选走学司机、学卫生员或到机关的，但我是不心动了。

"张宗宪，你父母亲来看你来了，在宿舍等着呢!"连队通信员跑到工地冲我喊着。我放下铁锹不顾一切地跑到宿舍。灰头土面，又黑又瘦，满身石灰膏，父母看到我后愣了一会儿，母亲拉着我的手不住上下打量，嘴唇动弹，泪水涌了出来，顺着她的脸滴到我的手上。"娘，别这样，这里比家里好多了。我洗洗澡，换上军衣也是蛮精神的。"我忍着眼泪劝慰着，"不管干什么工作，再苦再累也不怕，我一定要在部队干

11

出个样儿来!"父母时而笑,时而还用袖子擦着眼泪。

部队命令是高于一切的。6月23日早饭后,班长把我们六人叫到一起,说:"今天你们不用去工地施工了,卫戍区组建工兵营,你们被分到工兵营了。抓紧时间整理自己的东西,车已在门口,马上登车出发。"告别了班长,解放卡车拉着我们向北京正南方向飞奔着,风沙吹得人脸生疼。我们六人在车上你看看我,我看看你,目光里流露着迷茫、无助与无奈。

卫戍区工兵营下设四个连队:工兵连、舟桥连、机械连、防化连。我被分到舟桥连。舟桥连是由警卫三师、四师舟桥连部分人员组成的。部队因新组建没有营房,借住在北京市劳教农场的家属区一个破旧的筒子楼内。伙房是用苇席和石棉瓦依墙搭建的,床铺是用砖支起的床板,没有饭堂,每顿饭在院里以班为单位围成一圈蹲着吃。

下午,班长王跃村带着我们来看预建营房之地。没想到北京还有这么荒凉的地带,环视一周看不到村庄与行人,茫茫一片像是亘古未开的荒原。沙丘有山包大小,一个连着一个,风卷起一个个旋涡扬着细沙,沙丘上显示着大风掠过的像等高线一样的纹路。稀疏的杂草在烈日下打了蔫,唯一的一排杨树枝丫多半干枯,看得出不知经过了多少风沙的肆虐和对水的渴望。班长对我们说道:"我们就在这儿安营扎寨,自己动手建设营房。"

有些人,就像这沙丘中的小草,是无能力选择自己的境地的,只能随遇而安。但,小草自有它的好处,能经得住雨雪风霜的考验,生命力强,稍有阳光雨露就能生长。

1976年7月28日,是刻骨铭心的日子——唐山大地震。

12

我是凌晨1点半到3点半的连自卫哨兵。3点半时带班员要叫醒下班哨兵来接我。我说:"不要叫了,我不困,让他多睡一会儿吧。"带班员默许便走了。过了十多分钟,突然,东北方向闪着红光,闷雷一样的"轰隆"声,树叶风吹似的唰唰作响,紧接着大地摇动。"地震了!地震了!"我声嘶力竭地喊着。顿时,全连官兵还有来队家属,有的抱着孩子,有的背着老人,在门口拥挤在一起,还有的从二楼窗户跳下时又砸到他人,惊慌地乱成一团。我冒着余震在门口疏散人员,把绊倒的扶起来,把扭伤的搀扶到安全地带,脱下上衣给孩子搭在身上……一场劫难过了,大家噩梦初醒后,给我很多赞扬。我深深感到,替战友多站了十几分钟的岗哨,又遇到了莫大灾难,能在灾难面前为战友、为他人做些好事,感到很幸福、很值得。人,多做好事真有好处!

1976年是多灾之年,9月9日,高山低垂,江河痛流,举国悲恸。伟大领袖毛主席离开了我们。12日,我作为全营战士代表到人民大会堂瞻仰主席遗容。下午1时,在天安门广场面西列队顺序进行。此时,大家不约而同向北侧看去。啊!是首都文艺界瞻仰队伍。队伍中,有很多在"八大样板戏"中扮演主角的国人耳熟能详的不知倾倒过鼓舞过多少观众的名家。《红灯记》中鸠山的扮演者袁世海、李铁梅的扮演者刘长瑜,《智取威虎山》中杨子荣的扮演者童祥苓、小常宝的扮演者齐淑芳,《沙家浜》中阿庆嫂的扮演者洪雪飞,《杜鹃山》中柯湘的扮演者杨春霞等等,他们让多少国人顶礼膜拜,神魂颠倒。据我所知,有女的想杨子荣患上相思病的,有男的想柯湘不吃不喝萎靡不振的……他们想的是杨子荣、柯湘呢,还是想的扮演者呢？还是二者兼有？不得而知。谁能想到偶像就在我的眼前，是我悲痛之日的庆幸，内心激动得难以表达！此后我看到过很多影视明星，但再也没有那种感觉了。

瞻仰的人们怀着万分悲痛的心情缓缓地走着。今天的人民大会堂格外巍峨庄严，好像在向人们诉说着什么，人们也好像听到了毛主席在天安门城楼上的声音、在人民大会堂的声音。人们低着头迈着沉重脚步通过四十个高高的台阶，走向灵魂的殿堂。走到瞻仰大厅，人们都不能自已地抽泣流泪，失声痛哭。毛主席啊毛主席，您是我们敬爱的伟大领袖，我们从小是受您的教育长大的，您怎么能离开我们呢？您永远是我们心中的红太阳，我们永远做您的好战士。

回到连队，我向全连汇报瞻仰情况，大家纷纷表示化悲痛为力量。是日，在我的倡导下成立连学雷锋小组，教育训练样样争当先进，利用节假日掏厕所给连队菜地追肥，打猪草到连队猪场喂猪，每天提前起床扫院搞卫生。《毛泽东选集》第五卷下发后，我认真通读，写了很多心得体会。学雷锋小组得到好评。翌年，我被评为北京卫戍区学雷锋积极分子。

10月份，连队让我当新兵班长到山东接新兵。这是我平生第一次独立出远门。我在青岛下火车转长途汽车到胶县里岔公社，在一个老乡家住下。我没有见过山，山是石头的，为什么能长树长草？我心怀好奇，放下背包，同房东大婶打过招呼，只身向山上跑去。啊，见到了，山不只是石头，还是有泥土的，泥土越肥沃，草木越根深叶茂。站到山上，俯瞰远处的山、远处的人、远处成片的庄稼，仰望蓝天白云中翱翔的雄鹰，让人感知站在高处看见的不一样的景象，让人胸怀开阔，增添奋进的力量。

齐鲁大地是被儒家文化洗礼过的。生活在这里的人们淳朴、善良、热情、吃苦耐劳。房东大婶，五十岁上下，高挑身材，心慈面善，干净利落。每天天蒙蒙亮就起床给我做好吃的，晚上我回来再晚也等我吃饭。苞米饼子小米粥，时常还做面条，在那个苦难的年代这是多数家庭吃不上的饭食。她家也是贫穷的，我发现有些是从邻居家借来的粮食，有时是专门给我做的，家人瞒着我只吃煮地瓜和炒白菜。返回部队前一晚上，我按照规定每人每天四毛七分的伙食标准给大婶伙食费时，她执意不收，我拗不过。凌晨，我悄悄起床打好背包，饱含感激之情写信给大婶一家人以表谢意，把信和伙食费装在信封里压在煤油灯下。出屋，像往常一样挑满水缸的水，清扫完院子，含着眼泪离开大婶家。走在路上感触颇多，住在这儿个把月，让我更懂得了什么是淳朴善良，怎样为人做事。历久弥新，几十年没有忘怀。后打听得知，大婶家儿孙满堂，家庭兴旺，大婶九十多岁才驾鹤西去，应验了"仁者寿""为人厚道，必有福报"的古训。

根红、苗正、身体好是那个年代的接兵标准。从胶东大地走出的战士个个都是好样的。火车风驰电掣奔向北京，新兵激情荡漾憧憬未来。北京站到了。换乘卡车一路南下四十公里停下来。新兵愕然："这里是北京吗？营房在哪儿？"他们问的同我当年问的是一样的问题，只不过我来时是夏季，还有绿色，可现在是冬季。眼前，还是一片沙丘，周边用铁丝网围着，路边杨树的叶已落干净，枯草随风摆动，寒风裹着沙石打在脸上，沙丘中孤零零一排地窨子，一个个从地窨子的小窗户中伸出的烟筒在冒着黑烟。"这就是我们的营房。"此刻，大家像被霜打了的茄子。

几天过去了，我同大家同甘共苦，交友交心，战友们思想稳定下来了，训练积极性也有了。有时苍天也捉弄人，也可能有意在磨炼你。大年三十，还在操场训练，收操时连长临时交给我班任务，完成后，已过午饭时间。天气寒冷，饥肠辘辘。到吃饭的地儿，炊事员把饭菜放到院里。大米饭是凉的，炒萝卜条是凉的，米汤是凉的。大家无语地等着值日员分饭菜。一班人围成一圈，蹲在地上准备吃饭时，忽然一个旋风卷着树叶尘沙在我班吃饭处迅猛刮过，碗里盘里满是沙子，大家面面相觑，很无奈地看着我。我很心酸，今天是年三十，眼前这些十八九岁的战士哪个在家不是一家人热热闹闹地吃顿可口的饭菜呢？可如今竟连凉饭凉菜都吃不上。我站起来说："我去找连长，让炊事班再给我们做饭吃。"大家拦住我："别麻烦炊事班了，他们也是很辛苦的。我们不吃了，一顿饭不吃不算啥。"就这样饿着肚子又到训练场去了。

第二天就是大年初一了。下午，卫戍区首长来新兵连看望新兵，首长问寒问暖之后对大家说："明天是大年初一，一定让同志们吃上饺子！"话语铿锵有力！

大年初一，战士们很早就起床忙开了。把用断的铁锨把锯一截做擀面棍，把洗脸盆当和面盆，把床板上的被褥抱走，床板一头做擀面板，一头铺上报纸放饺子。全班齐上手，分工明确，各司其职，乐乐呵呵地包了起来。刚包完，大家就急不可待地抬着满铺板饺子到院里去排队下锅。隆冬时节，天寒地冻。好不容易轮到下锅时，饺子冻得梆硬，同报纸粘在一起，

16

怎么揭报纸也下不来了。"就这样下锅吧!"也不知谁说了句。"扑通扑通"一股脑儿下锅了。谁知道一到锅里,饺子全烂了,饺子皮、饺子馅、白纸黑字乱成一锅粥。没办法,一块儿吃吧。你盛一碗我盛一碗,吃着说着笑着,笑得苦涩。我内疚地给大家道歉:"我想得不周到,吃不好这顿过年饺子,责任在我,真的对不起大家。"新兵中有个叫韩彩玉的,在家当过老师,他看到大家心里不好受,便说道:"班长、战友们,不必难过,我觉得咱们在部队吃的第一个过年饺子,很有意义,吃进去的是文章,喝进去的是墨水,我们都是文化人了。古人讲'腹有诗书气自华',咱们叫'腹有文章保国家'。"大家开心地笑了。

1977年3月,新兵下连队了。任命我为一班班长,全班十四人,多数是我接来的兵。新营房建设开始了,我班为瓦工班,所有砌墙抹灰任务都是我班的。瓦工是个苦差。夏天,三十多度的高温,太阳炙烤,高高的脚手架上,汗水不停地滴着,一块、两块、三块……不停地砌着。那个时候的北京,几乎天天刮风。有谚语:"北京北京,一年两场风,从春刮到夏,从秋刮到冬。"春秋季节,大地裸露干涸,风起沙扬,打得人睁不开眼,风吹得站不稳,一抹子、两抹子、三抹子……不停地抹着。手套一天就磨透,手被磨得每天都沁着血,如沾上水泥钻心般地疼。就这样每人每天要砌一千二百多块砖。像杨明海、韩瑞国等高手一天能砌一千六百多块。一天下来,累得腰都直不起来。但全班士气高涨,不叫苦和累。这是精神和意志的体现。他们当兵几年就建了几年营房,没有打过靶,没有见到过舟桥装备,就无怨无悔地复员回家了。每当想起总觉

17

得亏欠他们什么。

我们每天是离不开沙子的，同沙子的联系最紧密。住的是沙窝（地窖子），砌墙用的是沙子灰，行走在沙滩中，每天风沙吹着，嘴里、耳朵里、鼻子里都是沙子，吃的饭菜也有沙子。

生命力强的植物往往不是生长在肥沃的土地上的，仙人掌、红柳、胡杨树，美丽、坚韧、不屈，是戈壁沙漠培养出来的品格。我们战士不就是这仙人掌、红柳、胡杨树吗？多好的战士啊！我赞美他们，学习他们。

1977年7月的一个闷热的晚上，部队放电影，全连都去看了，留下我值班。当电影放了一半的时候，排党小组组长，也是我的老班长王跃村从电影场回来找我，问："你想入党吗？""想！"我回答道。"你为什么没有写入党申请书呢？"我说："连队很多比我入伍早、干得比我好的战友还没有入呢，我觉得我还不如他们，等我干好了再写也不迟。"班长稍停顿一会儿说："你今天晚上写份申请书，明天早晨交给我。"说完他转身走了。我交过班后已是十点多钟，在防震棚外的路灯下面开始写。防震棚四周是玉米地，杂草也很多，蚊子、飞蛾不停地干扰，但我全然不顾了，怀着满腔热血写好了。后来班长多次找我谈心，真心实意地说我的成绩，指我的不足。在他及多个战友的帮助下，我于1977年8月27日光荣加入了中国共产党。

人，要是有了理想和追求，做梦也是生动给力的。仲夏的夜晚，月色皎洁。连值班员吹过就寝哨，劳累一天的战友们在全班的大通铺上一个挨一个整整齐齐地睡着了。我检查纠正完

18

每个人的衣服鞋帽是否按要求放置后，也躺下睡了，不多时进入梦境：一个烈日炎炎的中午，我跑到了我家乡的母亲河——滹沱河河堤上，远远望去，宽宽的河床中间静静地流淌着河水，微风吹过，碧蓝的河面上泛起层层涟漪。河床上的沙子让太阳照得不断闪着金光。河水边独立着一棵大柳树，树干粗壮，枝繁叶茂。我来到树下，凉风习习，心旷神怡。突然，发现河中有一条近一米长的大鲤鱼由东往西逆流向我游来，我急忙向前，鱼不动了，我双手将鱼抱在怀里，鱼温顺地贴在我的胸前。梦到此时，我高兴地从梦中醒来。鱼是吉祥之物，我从小就喜欢鱼。

第二天早上，像往常一样，我起得较早。可能是夜间下过一场小雨的原因，空气特别清新。旭日虽然还是朦朦胧胧的，却已经朝气蓬勃地在雾中放着光。湿润的晨飔轻轻地拂弄着营院中的杨柳。

部队早操结束后，我正要回宿舍洗漱，营长张士诚叫我："张宗宪，过来有事跟你说。"我急忙跑来立正听着。"你今天早晨不要吃饭喝水，等会儿找营部书记（我们称营部文书为书记）一起到卫戍区后勤部门诊部体检。""是，营长！"我转身回连队。我不明白体检做什么，于是，找到三班长许秋庭，他是1973年入伍的，是石家庄人，我俩关系密切。"营长让我上午去体检，体检干什么呢？""傻小子，你要提干了。"然后他又小声嘱咐，"这事一定不要声张，跟谁也不要说，悄悄去悄悄回就是了。"我懵懵懂懂地照办了。

1978年8月9日，是值得记住的日子。提干命令下了，任命我为舟桥连一排排长。很快全营官兵知道了，亲戚朋友知道了，战友同学知道了，纷纷祝贺。我的高兴自不必说。多年的梦想实现了，再也不用回到那终年辛苦劳作还吃不上喝不上穿不上的农村了。第一个月工资就发了一百零四元（每月工资五十二块，上追一个月），我激动得心都要跳出来，从小到大从来手里没有拿过这么多钱啊！看到这钱我眼睛湿润了，这钱里满是心血汗水、酸甜苦辣。我不能忘记父母，留下四块，一百块邮给家中。不能忘记首长和战友，没有他们的关心培养，没有他们跟我风里来雨里去地努力工作，能有我的进步吗？我暗自决心加倍努力，用行动感谢组织，感谢战友！

光阴一晃就到了 1983 年 9 月，营房建设基本竣工。营门影壁上毛泽东题写的"为人民服务"几个镏金大字显著耀眼，进院便是宽阔的操场，两侧是整齐的宿舍楼房，正面是宽大的礼堂，一行行杨柳成荫，一排排车库入装，崭新的大型装备已全部到位。东侧的围山湖里鱼儿欢跃，土山上果实累累，鸟语花香。昔日沙滩经几代人努力变成了美丽的营院。官兵爱这营房，官兵盼望军事训练，练就真本领。

"工兵营要解散，工兵营要解散了！"消息传来，大家愕然，炸了锅，都不相信自己的耳朵。后传达正式通知，人们不能不信了，但又百思不得其解。这是为什么呢？工兵营为什么如此短命？我们不就成施工队了吗？如果没有存在的必要，为什么要组建呢？上级领导和机关是怎样调研决策的呢？大家愤然议论纷纷。平时言语不多的张帆慢慢地说道："早在春秋时期的曹刿就说过'肉食者鄙，未能远谋'，这话好像是针对今天说的一样。"现实印证了名言揭示的真理。

深秋的营院，落叶斜飞，花枯草黄。走在营院感到一砖一

20

石、一草一木好像有了灵魂，都深情地注视着我。是啊，一砖一石是我们亲手垒上的，一草一木是我们亲手栽下的。它们浸润着我们的心血汗水，它们饱含着我们的思想情感，它们融入了我们的激情岁月。马上离开它们，又要到一个不知道的地方，几多惆怅，几多不舍。此时砖石似乎已解人意，说道："战友，不必惆怅，要像我们砖石一样，不管放在什么地方，都能用自己的坚硬撑起一方天地，你就有了价值。"草木也说道："战友，不必不舍，要像我们草木一样，不管栽种在什么地方，都努力向下扎根，向上生长，根深才能枝繁叶茂，任风吹雨打也挺得住。"情到深处，砖石草木也能给你力量！

不几日，人走院空。我被分到警卫一师师直工化连。至此当兵已六年半时间，占去了我军旅生涯的四分之一，是当兵的开端，故谓兵之初。

春草破土，雏燕破壳，幼蝶破茧，是艰辛的、痛苦的，但是新生之初，是希冀之初。兵之初何尝不是如此。

2019 年 11 月 16 日

每当军歌响起的时候

"向前、向前、向前！我们的队伍向太阳，脚踏着祖国的大地……"我虽从部队转业到地方工作十几年了，但每当这首军歌响起的时候，依然情不自禁地心潮澎湃，激发对我军的历史、火热的军营生活和军人牺牲奉献的回忆。

每当军歌响起的时候，总是想起南昌城头的枪声和我军的苦难辉煌。1927年7月，天空最为黑暗，是中国共产党最困难的时期。继蒋介石发动"四一二"事变后，汪精卫又发动了"七一五"事变，共产党人到处被通缉、被屠杀、被囚禁。就在这样的时期，当年8月1日，共产党人在南昌城头向国民党反动派打响了第一枪，这一枪有着重大的历史意义，它标志着中国共产党独立领导武装斗争的开始。南昌起义的主力部队是国民革命军第二方面军，也是我党在大革命时期所能掌握的有影响的武装力量。起义失利后，南昌起义军9月初在三河坝兵分两路，主力由周恩来、贺龙等率领直奔潮汕；另一路由朱德率领四千余人留守当地阻敌。这支部队经过三天三夜阻击，伤亡很大，撤出三河坝时只剩两千余人。这时革命到了低谷，人们茫然四顾，有的人觉得主力部队都在潮汕散掉了，起义领导人也都撤离了，三河坝这点力量难以保存，提出散伙，已有不少官兵纷纷逃离部队，起义部队面临顷刻瓦解之势，革命火种有即刻熄灭的可能。在这关键时刻还是朱德站出来，力挽狂澜，说服教育大家："只要保存实力，革命就有办法。"朱德胸中的信念和火一样的激情感染着官兵。部队又稳定了下来，将仅剩的八百名官兵改编为一个纵队，后历尽艰辛到达井冈山，实现了具有重大历史意义的"朱毛会师"。陈毅后来回忆说，朱总在最黑暗的日子里，在群众情绪低到零度、灰心丧气的时候，指出了光明的前途，增强了群众的革命信念，这是总司令的伟大。1955 年授衔的中国人民解放军十位元帅和十位大将中，八位元帅和六位大将与南昌起义紧密相关。八位元帅是：朱德、贺龙、刘伯承、聂荣臻、林彪、陈毅、叶剑英、徐向前；六位大将是：陈赓、粟裕、许光达、张云逸、谭政、罗瑞卿。他们都是党和国家的栋梁，后来在毛主席领导下经过艰苦卓绝的斗争，使灾难深重的中华民族从苦难走向了辉煌。

每当军歌响起的时候，我总是想起火热的军营生活和军人的牺牲奉献。做一名军人最基本的事情就是要学会吃苦。训练场上的四百米障碍，全副武装五公里越野等项目，是体能极限的挑战，让你知道什么是真正的苦与累。为了练出整齐步伐和良好军姿，队列训练时不知在沙石地上、在每个人脚下"拧"出多少个坑，磨破了多少双胶鞋。不论炎热寒冷还是刮风下雨，"站如松、坐如钟、行如风"是合格军人的起码标准，"踢脚一阵风，抓地一个坑"是队列训练的要求。不管多苦多累，不管多少蚊虫叮咬，都告诉自己一定要顽强地挺着、站着，不能违反队列纪律。这就是常说的"队列训练，实际上就是精神和意志的训练"。

部队训练是严肃艰苦的，甚至还显得冷酷无情，但走出训练场，官兵同乐，歌声笑声充满军营。拉歌比赛是最开心的事，每当团里集会，十几个、二十几个连队只要在一起就拉歌，每个连队推选一名会指挥、嗓门高、能煽情的人负责组织。有时多少个连队同时唱，看谁的声音大还整齐；有时连队"一对一"，不但看谁唱得好，还得看谁唱得多，当拉到没有歌时，大家就鼓着掌齐声喊："该你唱你就唱，扭扭捏捏不像样。"那个场面真叫歌声如潮，掌声雷动，令人难忘。每逢节假日部队要组织文艺演出，每个连队出一到两个节目，要自编自演，演身边人身边事。由于多数连队没有女兵，当剧情需要有女性时，只能由男兵来扮演，硬邦邦的身材要学柔软，端枪的手学着拿绣花针，粗大的嗓音学轻声细语，那情那景让人笑得前仰后合，让人笑出泪花。

选择了军人这个职业就意味着牺牲和奉献。当国家利益和人民生命财产受到威胁时，军人义不容辞，赴汤蹈火，随时准备用生命维护国家和人民的利益。军人的奉献牺牲何止在战场，军人最难耐的是想家，远离亲人不能团聚，个中滋味只有自己清楚。每当家中有灾有难，亲人有病甚至病故，每年只有一次休假的军人都是忍受着痛苦含着泪水奉献在军营，把思念存在心里，积蓄成动力，这就是军人。正像冰心在《繁星·春水》中所说："成功的花，人们只惊羡她现时的明艳！然而当

24

初她的芽儿，浸透了奋斗的泪泉，洒遍了牺牲的血雨。"

每当军歌响起的时候，我总是想起复转军人浴火重生、艰苦创业的奋斗历程。常言道："铁打的营盘，流水的兵。"多数官兵要复转到地方，不论是到机关、企业还是自主择业，都面临再创业问题。大兴区委区政府历来高度重视复转军人的安置工作，走在全市前列，积极创造条件让复转军人尽其才、用其长。复转军人不负众望，在本职岗位上做出了贡献，也得到了大家的认可。创业是艰辛的，有时也是痛苦的，但复转军人在困难面前是不会倒下的。军营培养了军人"吃大苦耐大劳"的素质，经常以"在部队什么苦没吃过"自勉，靠这种信念渡过难关。复转军人有着强烈的责任感，缺乏责任感的人当不了好兵。从穿上军装那一刻，军人的责任感便如影随形，推脱责任、不敢担当在军人眼里无疑是懦夫。军营生存法则之一，褒奖勇者，鄙视懦夫。复转军人有较强的执行力。军令如山，对军人来说，没有拿不下来的山头，没有不敢啃的硬骨头，较强的执行力成就了事业。

每当军歌响起的时候，我总是想起党的十八大以来，以习近平同志为核心的党中央着眼实现"两个一百年"奋斗目标、实现中华民族伟大复兴的中国梦，提出建设一支听党指挥、能打胜仗、作风优良的人民军队的强军目标，深入推进政治建军、改革强军、科技兴军、依法治军，着力强化练兵备战，积极推进军民融合，人民军队体制一新、结构一新、格局一新、面貌一新，在中国特色强军之路上迈出了坚实的步伐。祖国的强大，军队的强大，是军人的骄傲。今天我们又迎来中国人民

25

解放军建军九十一周年纪念日，让我们凝聚在"八一"军旗下，唱着嘹亮的军歌，脚踏着祖国的大地，向前、向前、向前，永远向前……

2018 年 7 月 27 日

煤　油　灯

　　我在大兴区委宣传部工作期间，市区两级要求村建"乡情村史馆"，为的是让人们记住乡愁，传承乡土文化，别让伴随村民祖祖辈辈的生产生活物件、家什等，随着城市化进程迅速消失淹没在市廛之中。

　　有一次，我陪同领导到黄村镇桂村"乡情村史馆"检查指导工作。这个村的"乡情村史馆"约有六百平方米，展品布得满满的，有老物件、老家什、老票证、老照片等。我留心观察，发现上世纪八十年代以前出生的人看得兴趣很浓，讲得津津有味，都有苦涩与快乐并存的难以忘怀的故事。我在一盏煤油灯前端详许久，触发了对我家煤油灯的穿越时空的情思。

　　上世纪六七十年代，我老家农村没有电，家家户户也买不起蜡烛，煤油灯就成了农村家庭生活的必需品。多数人家用的是自制的，富裕一些的家庭才用买来的罩子灯。

　　我家的煤油灯都是自制的，制作起来也简单：找一个装过西药的玻璃瓶或空墨水瓶，把一个铁片铰成瓶盖大小，在中心打个小圆孔，然后穿上一根用铁皮卷成的小筒，再用纸或布或棉花搓成细捻穿过其中，上端露出少许，下端留得长一些供吸油之用，油灯便做成了。

那时煤油好像五分钱一斤，家中没有钱，只能用鸡蛋换。因为买油盐酱醋等生活用品都得用鸡蛋，所以鸡蛋也紧张，只能等鸡下蛋。当听到鸡"咯嗒、咯嗒"一叫，便迅速到鸡窝摸出鸡蛋，一手拿着煤油瓶子，一手拿着还发热的鸡蛋，跑到村供销社换上两提（一提大概半斤的样子）煤油。回来灌到煤油灯里，点着后冒着豆状的火苗，散发着淡淡的煤油味。

夕阳落山了，天黑透了，月亮不亮了，一家一户才点起煤油灯。灯头如豆，飘飘闪闪，稍有风吹或人出气大些，就东倒西歪，随时有熄灭的可能。人们只能小心翼翼点着灯、护着灯，让这跳动着的微弱灯光驱散黑暗，给一家人带来光亮。这微弱的光亮，映照着人们的喜怒哀乐，投射出一个时代鲜明的印痕。

二十世纪六十年代后期是"文化大革命"最为轰轰烈烈的时候，让社员"在灵魂深处爆发革命"。村里要求每家每户晚饭前，要学习毛主席最新指示、学习"老三篇"、背诵毛主席语录、向毛主席做汇报等。我家每每晚饭前把饭桌放在炕上，煤油灯放在饭桌中间，一家人围坐在煤油灯下逐项落实。背诵毛主席语录是较难的项目，父母没有文化，只能背如"要斗私批修""抓革命，促生产"等简短些的，我哥我姐就背"老三篇"或类似"革命不是请客吃饭，不是做文章，不是绘画绣花，那样温文尔雅……革命是暴动，是一个阶级推翻另一个阶级的行动"等复杂些的。煤油灯不时发出"啪啪"的响声。灯火映在人们脸上，红彤彤的。这些规定内容做好之后，

28

一家人开始吃半菜半粮的饭，解决劳作半天后的饥饿问题。

有一件事让我记忆非常深刻。1969 年 4 月，党的九大闭幕后，村党支部要求各党小组学习新《党章》。我们第五生产队为第五党小组，共四名党员：张新水、瑞棉和我父母。他们都不认字，念不下来。组长张新水提议让我来念给大家听并做小组会情况记录。那时我十一岁，上小学三年级，听到后很紧张。晚饭后两名党员陆续来到我家，有的坐在板凳上，有的坐在炕沿上，都很严肃认真。我特意把煤油灯拨亮些，把《党章》离眼更近些，一字一句地一本正经地读完了。大家夸我念得顺溜，字写得也工整，不赖呆，没白上学念书。这件事对我很有意义：第一次了解了党的基本知识，第一次列席党小组会。会议情况记录在本上，也刻录在我的心中。

那个年代大多数家庭是没有任何电器产品的，个别家庭能有个电棒子（手电筒）、戏匣子（收音机）就让人羡慕得不得了，特别是在风高夜黑的时候，喂猪、上厕所、到院里找个东西什么的，用手电筒照着，太方便了。我家属于大多数，所以每到晚上时时刻刻离不开煤油灯。切菜、做饭、刷锅、洗碗、喂猪、喂鸡都得用，端出端进，端里端外，一只手端着一只手护着，灯随着人忙个不停。人吃鸡喂等诸事办完之后，一家人还要围坐在煤油灯下剥花生、捻棒子、摘棉花桃……与灯相伴，形影不离。

煤油灯伴随母亲是最多的。夜深了，母亲还在煤油灯下，织布、纺线、纳鞋底。天蒙蒙亮，母亲又点起煤油灯烧柴做饭，给我们整理衣服书包，为儿女不知疲倦地忙碌着。耳濡目染中慢慢悟出了为母亲的不易，也渐渐明白了为什么总把"伟大"这个词送给母亲的道理。母亲劬育之恩永不能忘。

我突然想到一个问题，为什么人们经常把一个事没办成，比如搞对象，两人分手了就比喻成"吹灯"呢？为什么人没了之后叫"人死如灯灭"呢？佛教讲心灯，要人神思明亮如灯。还有冰心笔下的"小橘灯"。人们把人生中最大的事都与灯联系在一起，可见"灯"在日常生活中确实离不开，也确实在人们心中又被赋予了特殊的寓意。

季羡林说："至于勤奋，一向为古人所赞扬。囊萤、映雪、悬梁、刺股等故事流传了千百年，家喻户晓。韩文公的'焚膏油以继晷，恒兀兀以穷年'，更为读书人所向往。"我虽然没有韩愈学习那么用功，那么有成就，跟人家有天壤之别，但也常常"青灯黄卷伴更长"。在煤油灯下，或趴在饭桌、或趴在窗台、或趴在炕沿读书做作业。总感到那个年代的冬天特别冷，屋里放盆水过一夜就能结冰，屋里生上煤火炉也不大顶事，把人冻得脚手冰凉，手拘拘地写不成字，就钻被窝，把枕头放在胸下，煤油灯放在头前，趴着写作业。时常发生写着写着一打瞌睡头就碰到煤油灯上，"轰"一声把头发烧了一片，散发着焦煳味，一摸头，每根发尖都有一个小珠珠。

屋里灯火荧荧如豆，寒风刮得窗户纸"忽嗒忽嗒"地响，浑身冻得发冷，作业还没做完，头发也被烧了，此时，不由得生出一种言语难以表达的苦涩与无奈。

夜深了，母亲总不时地叮嘱几声："这么晚了，别学了，赶紧睡吧，一灯油都快让你耗完了，哪有钱买油？"现在想来当时母亲既想让我们多学一会儿，学习成绩好些，又怕点灯耗油，没钱买油，真是可怜天下父母心。

30

我十八岁那年应征入伍了，凌晨3点从家出发到石干村集中，出发前我换上军装后，母亲幸福地端着煤油灯对我上上下下、前前后后打量一番，给我正帽子、拽袖子、抻衣襟，嘱咐说："到部队要好好干，学些本领，有个出息。不要想家，娘也不想你。"这时我借着灯光看到母亲的眼里闪着泪花，我的鼻子也酸了……我永远记着这一刻。从此我也跟伴随我多年的煤油灯分开了。

　　记忆具有考古的价值。记忆考古考的是情结，没有情结便没有记忆。欢乐不是情结，唯有悲伤、艰辛才是。

　　我把对家的感念尽情流泻在对煤油灯的纯情追忆上，从生活、学习到劳作都印上了浓郁的我心中的色调，有愁惋，有快乐，有幸福，有缺憾。

　　煤油灯时代结束了，怀念就开始了。我怀念我家的煤油灯——我的心灯。

2018 年 9 月 16 日

老屋老院

我家的房子是 1966 年 3 月邢台发生 7.2 级大地震后的 1968 年春天，在原房地基上，在政府抗震救灾的救助下翻盖的。坐北朝南平房三间半，外砖里坯，厚厚的墙，一丈一的檩条，一丈二的梁。院子方方正正，东南边是猪圈、厕所，西南边是大门，西北边是做饭的棚子，是典型的冀中农村院落风格。半个世纪风霜雪雨，五十载春夏秋冬，青色砖墙光滑的表面早被时间刻上细密的褶痕，披覆的尽是年久老屋的沧桑，但风骨犹在。这院、这屋，给予了我生命与温暖，融进了我的梦意与春光。

家乡变化日新月异，"煤改电""厕所革命"等改变着农村人的生产、生活方式和思想观念。为了蓝天白云，空气清新，已不见袅袅炊烟、猪羊满院。我家的老屋老院也要升级改造，不少相伴祖祖辈辈的东西明天就要动工拆除，永远消失在人们的眼中，成为历史的回忆。这是一次飞跃，是一次革命，也是一个时代的结束。我独坐屋中，满怀爱怜地环视着屋里院里的一切，好像每一个物件都想对人讲述，讲述那些往日的故事。院中枣林依依，屋舍古朴温柔。不知不觉中心里头兀自感到了对老屋老院的眷恋与不舍，触发穿越时空的情思。

一、燕窝和窗户

上世纪七十年代前，农村人多数住的是土坯或是外墙皮是砖、墙里面是坯砌成的房子。房顶是用梁、檩、椽、苇和泥土搭建而成。春天来了，燕子就喜欢来屋檐下或屋梁上筑窝居住。家家户户都欢迎燕子的到来。燕子从远方而来，飞过江河，飞过田野，带着春的气息，成双成对飞落房前，燕子声声里，给农家增添生机与吉祥。

记得我小时候，燕子就到我家屋里梁上筑了一个窝。

一开始有两只燕子从屋门上方桄子间飞进来，在屋里转一圈就很快飞走了，连续来了几次。我猜想它们是在考察这屋这家是否适合它们居住。过了两天，不知道它们在哪里衔来一口泥，粘在梁上，然后飞走，又叼着一根草，放在那块泥上。一口泥一根草，一根草一口泥，就这样风里来雨里去营造着自己的小家。历经千辛万苦，终于建成一个半圆形的像拳头大小的窝。

不久，燕子开始在里面下蛋，大约有五六个蛋时，它就安静地在窝里孵蛋。大概半月左右，小燕子就孵出来了，叽叽喳喳地叫着。

这时候，燕子的爸爸、妈妈就更辛苦更忙了，不知疲倦地出去觅食。昆虫是它们最好的食物，燕子又习惯于在空中捕

33

食，要在空中低飞盘旋多次才能捕捉到昆虫。当燕子爸爸、妈妈飞回来时，窝里的小燕子们便一齐张开黄色的小嘴，大声地叫唤，燕子爸爸、妈妈便把叼着的昆虫放到一个个小燕子的嘴里，然后再出去觅食，一直到把小雏燕喂饱为止。

燕子爸妈终日忙碌奔波，全身心地无私地哺育儿女成长，这跟我们人类何尝不是一样。"世间爹妈情最真，血泪融入儿女身。殚竭心力终为子，可怜天下父母心。"

燕子是有情感的，是通人性的，也是爱家的。不要打扰或伤害它们，更不要毁掉它们辛勤搭建的小窝。第二年，燕子归来的时候，会绕着屋子飞来飞去，然后落在屋前的晾衣绳子上叽叽喳喳地叫着，好像在和老房东唠嗑一样。只要那窝保存尚好，它们就会继续在这里产蛋、孵蛋、哺育儿女。

很可惜，屋子用不了几日就要用石膏板做吊顶了，燕子也不会再来这里筑窝了。我望着房梁燕窝的旧处，以后燕子飞往何处，去哪里生息繁衍，是我的郁结。"思为双飞燕，衔泥巢君屋"的景象只能成为回忆了。

太阳偏西，我决定哪里也不去了，就坐在屋里窗户后边，静静地看着这久老的木窗。遥想当年村里绝大多数家庭是没有钟表的，人们就从窗户上看时间。不知多少次父母看窗棂上的光阴，把我从睡梦中叫醒让我去上学、去拾柴拔草、去生产队出工……

窗户的结构比较简单，呈长方形，由六根竖棂、八根横棂制作而成。窗户纸糊在窗框和竖棂上。竖棂和窗户纸便是观察时间的重要参照物。早晨，太阳出来了，阳光先照射到窗户西侧，东侧多是阴影。随着太阳升高，窗户西侧阳光逐渐增多，东侧阴影则逐渐减少。正午满窗都是阳光，没了阴影。下午则相反，随着太阳西坠，窗户东侧的阳光部分慢慢减少，西侧阴影则越来越多。人们把窗户上一天光影和阴影的变化用窗户竖棂做参照物目测时间，指导一家人的作息。比如早晨太阳照到第二个棂了，就该去上学了，等等。当然，随着四季光阴变化也会调整目测时间。总之，窗棂的光影便是我家的日晷，是行动的圭臬。

先人们为什么把时间比作"光阴"呢？"一寸光阴一寸金，寸金难买寸光阴。"看到窗户上光影和阴影的变化便加深了对"光阴"一词的理解。

时间不仅仅是书上的年表、钟表上的刻盘、窗户上的光影，它是我们走过的古道，是我们居住过的老屋，还是今昔交融的驿站。

我久久地凝视着这窗户，便生出一种感觉，也许是一种滋味、一阵气息、一个声音，与早已遗忘的那个感觉巧合，于是昔日的生活境况便从这心境中涌现出来。

1976 年 3 月离开这屋这院，已四十四年，这四十四年虽不再用窗户上的光影计时，但须臾也没离开光阴的岁月，它时刻丈量着我人生历程的节奏和步伐。细想想，自己所做的一切都可用时间来表述，用光阴来刻录。往日的克己、拼搏、坚守、荣光与愚钝、懒惰、挫折、忍辱等此时此刻都交融在这人生起点的老屋中，五味杂陈，个中滋味只有自知。四十四年弹指间已成过去，虽乏善可陈，却感受了人生的酸甜苦辣和光阴的弥足金贵。

二、锅台和炕

对于农村长大的人来说，锅台和炕是再熟悉不过的了。我们和它们朝夕相处，亲密无间，吃饭睡觉两件大事都是通过锅台和炕实现的。随着升级改造，人们先拆除的便是锅台和炕，总觉得它们已落后、没用、占地儿、土气。你家拆，我家拆，拆来拆去村子里所剩无几了，以后谁要再想看祖辈上用过的锅台和炕那可是一件难事了。

锅台和炕不会言语，但它们能真实感知那个年代人们的生存状况与喜怒哀乐。

记得小时候，不是一家穷两家穷，而是家家穷村村穷。一个男壮劳力到生产队出工，一天挣十个工分（也叫一个工。早晨两分，上下午各四分）。有一年，我们生产五队年终结算时一个工只值一毛八分钱。假如一年三百六十五天天天出工，才挣六十五块多钱，事实上也不可能天天出工的。那年代不允许外出打工、做买卖，甚至房前屋后种些经济作物都是不行的，都要被当作"资本主义尾巴"割掉。割"尾巴"的滋味是非常痛苦的。社员们只能无奈地被束缚在低产的土地上，人们吃不饱穿不暖也就不难理解了。冬天里有件新棉衣和一间温暖的屋子简直是一个梦想。数九寒冬，离不开的就是那一身里外磨得发亮的露着棉絮的棉袄棉裤，还有就是那火炕了。每天三顿饭，炕上放张饭桌，一家人围着吃。母亲坐在炕上纺线、纳鞋底、缝补衣裳等，我们兄弟几个在炕上做作业、看书、打闹翻滚。困了钻被窝就睡，头挨上枕头就睡着。炕热屋子暖。母亲为了一家人在寒冷的冬季有个温暖的家，一天三顿饭都在大锅灶里做，就连温猪食也在大锅里。

锅台和炕垒在屋子的南侧，靠近窗户，它们之间有一墙之隔，烟道是相连的。火炕的内部结构曲曲折折，相互连通。有直立的土坯，有侧卧的土坯，有盖顶的土坯，那些直立与侧卧的土坯相互交叉成菱形，利于烟火的流通。炕面用土坯铺严实，再用麦秸泥抹平，不漏烟，还结实。技术差的人盘的炕烟道不顺畅，容易窝烟，一烧火满屋子烟，呛得不行。因此，一般人家都通过换工（就是把自己挣的工分记在把式名下）的方式请好把式来垒锅台和盘炕，既暖和又牢固严密。事后要请把式吃饭喝酒表示谢意。

炕不仅给一家人温暖，还有别的用途。冬天里，滴水成冰。母亲发面时，把和好的面盖好放在炕头，炕头温度高，发面也快，一般当天就可以吃到松软香甜的发糕了。炕头多是让老年人和孩子睡，这个地方最暖和。睡炕尾的是年轻人，因为年轻人火力壮。人们常说："傻小子睡凉炕，全凭火力壮。"

炕的缺点就是后半夜会越睡越凉。那时每人是合不上一床被子的。兄弟们两人盖一个被子，把棉袄棉裤搭在上面，分两头睡，也叫打通脚。后半夜冻得把被子你抻来我拽去，顾了头顾不了尾，最后还是个个冻得当"团长"。

过去农村有"三亩地一头牛，老婆孩子热炕头"的说法，或许是人们对安逸殷实生活的向往。喜哉？悲哉？

"人间烟火锅灶始。"与炕相连的锅台，有三尺左右见方，锅的直径也有六七十公分，平平稳稳地落在锅台上。农村应该是这样的大锅。那时候家里人多，平时都以熬粥、炖菜、贴饼子、蒸苦累、馏红薯为主，很少油水腥荤，人们饭量大，只有大锅才能满足需要；每家每户都养猪，少则一头，多则两三头，要用锅给猪熬猪食，也需要大锅。

锅台是母亲的舞台。她用汗水浇灌着每一个日子，用厚实如锅的沉甸甸的爱，用破旧的锅碗瓢盆、匮乏的油盐柴米养育着儿女。从艰难里熬煎出营养，把贫困蒸煮出滋味，将辛酸烹调出香甜，用节俭清炖出甘鲜，在缺吃少喝中塑造着儿女质朴的风骨和勤俭的品格。

无论刮风下雨，还是寒冬酷暑，无论身体有恙，还是疲倦劳累，母亲总是任劳任怨把一天三顿饭做好。清晨，每当我们睁开惺忪的睡眼，首先看到的总是母亲在锅台前忙碌的身影，高高地挽起袖子，坐在小木墩上点燃一小撮引火柴，小心翼翼地送进灶膛里，一边添柴，一边拉着风箱。偶有浓烟从灶膛内蹿出来。特别是下雨阴天，柴火潮湿，不起火，只是滚滚冒着浓烟，熏呛得流泪咳嗽睁不开眼。母亲也只能用袖子擦擦眼泪，一会儿不停地烧火、切菜、洗红薯、贴饼子等。当我们急着上学、出工或有其他急事时，都围着锅台嚷嚷着要吃饭，也不知咋的，那时饭就更是难做熟了。母亲急得大声喊叫，不知她是在怪罪不赶劲的柴火，还是怪罪自己或是我们。不管是冲谁来的，反正那时我们谁也不敢再吭声了。实在等不及了，索性就从锅里盛碗半生不熟的饭菜囫囵半片吃下走人。

饭菜难吃天天吃，日子难过天天过。哭着吃饭的人是能够走下去的。

阴历三月是青黄不接的月份，清冷的锅口朝天望着愁肠百结的主人，无米可炊。那时邻居间都很融洽，谁家断顿时，我借你一瓢你借我一升（盛米粮的容器）地度过艰难的日子。但到这个月份几乎家家揭不开锅，只能忍饥挨饿。饿得不谙世事的孩子哭着围着锅台找饭吃，家长看着面黄肌瘦的孩子，眼眶里鼓着泪珠。大人们有的坐在炕沿上，有的坐在门台上或是在院里转来转去，谁也不吭气，只是偷偷地将泪水咽到肚里。

无奈的乡亲仰头问着苍天："一家人，一年四季不停地在地里'刨食'，怎么自己却没有粮食吃呢？这是为什么呢？我们的命怎么这么苦呢？"苍天不语。

在农村，庄稼人吃苦耐劳赛过老牛，无论苦到什么地步，只要有口苦饭，便已经心满意足了。但时常连这点都做不到。

进了腊月二十五，年味渐浓，是锅台最忙的时候，也是孩子们最开心的时候。家里杀头猪，煮上一锅肉，满屋扑鼻的香，每个人可以吃个够，这是一年中最解馋的时候。炸麻花、炸丸子、蒸卷子、蒸豆包、蒸花饽饽、炖干粉肉菜等等，这是平时很难吃到的。热腾腾地摆在桌上，人人脸上洋溢着喜悦。

那时，用柴火锅做的饭菜十分可口，有一种特殊的味道，这个味道可以让人回味几十年甚至一辈子。

锅台是一个庄严的地方。将灶王爷的画像贴在锅台墙的上方，灶王爷昼夜不停地监督着一家人怎样生活、如何行事。每年腊月二十三，灶王爷就到天庭向玉帝汇报这家人的善行或恶行。玉帝根据灶王爷的汇报，将新一年的祸福吉凶的命运交于他的手中。对一家人来说，灶王爷的汇报可谓是非常重要。因此，每逢腊月二十三这天，家家户户要毕恭毕敬地祭灶，让灶王爷高高兴兴上天去。祭灶时，庄重严肃，有仪式感。家的主人将贴在锅台上的灶王爷画像揭下来，跪到锅台前，燃着画像，口中念念有词，甜言蜜语，虔诚地期盼灶王爷这"东厨司命"上天言好事，下地降吉祥，庇护一家人平平安安，五谷丰登。

轻盈的纸灰伴随着缕缕青烟飘出门外，迤逦升腾，若长练，扶摇直上奔向了蓝天。

锅如佛，端坐在火的莲花之上，灶膛里飞出几颗火星，溅成西天的霞光，点亮人的心灯。当我们帮着父母做饭拉风箱烧火时，他们时常说的一些话让人深思。如"火要空心，人要实心"，这是做人的原则；"做菜没有诀窍，就是火候"，哪里是在做菜，做事不也如此吗；"大火烧开，小火慢焖"，做事要分轻重缓急；"心急吃不上热豆腐""不到火候不揭锅"，让人做事学会把握分寸，切忌糙躁；"不能隔着锅台就上炕"，做事要有规矩讲程序等等。初涉世事的我们在锅台前体道悟理。

一方老锅台，早晨煮热一轮红日，晚上烧开一轮明月，熬冬为夏，蒸春为秋。煎熬蒸炒炖遍尝酸甜苦辣，给予我们营养与财富，是我们一生的念想。然而，老锅台与我们渐行渐远。高压锅、电饭煲们很是矫情，它们志得意满的神态，让我们一天天失去味觉，早年骨子里沉淀的老锅的铁质，说不定哪天就会流失得一干二净。

三、柴草垛

常言说，开门七件事，柴米油盐酱醋茶。柴是第一位的。

六七十年代，农村烧柴很困难，没有电，没有煤气，没有天然气。每年入冬前，每人只能从生产队分到二十斤左右的煤砟子，秋天分到几个棒子秸、高粱秸个子及零零散散的棉花秸、豆秸、谷子秸等。这些柴火远远不够一家人做饭之用。煤是买不起的，只能满世界去拾柴拔草。把拾拔来的柴草摊在院里晾晒，晾晒干后垛成垛，以解决常年的燃煤之急。

那时候，多数人家的院子里至少有两个垛，一个是柴火垛，供烧火做饭，还有一个是草垛。草垛对家庭也很重要。用草喂羊、喂牲口，粉碎之后还可以喂猪。到了冬天，牲口饲料短缺时还可卖给生产队或人家，每百斤能卖五块来钱。家里指望着用这钱买笔、买书、买本、买墨水、买盐、买布、买煤油等。柴草垛，是庄稼人的食之保证，是农村百姓不可或缺之物。

农村人把柴草垛还真是当回事的，不管是串门的或是门前路过的，从柴草垛的大小多少，可断知这家人是否勤劳，是否会过日子。勤劳之家总是挤着时间去拾柴拔草，柴草垛又大又多。而那些手懒的人家，柴草垛总是瘦小长不高。从柴草垛也能看出这家人是否干净利落。干净利落人家的柴草垛总是垛得那么规整，要么是方方正正，要么是圆圆润润，很有艺术感。有的则垛得没个形，歪歪扭扭不说，还七出来八进去的，支离破碎，让人看了心里疙疙瘩瘩不舒服。所以，那时候相亲，除了相人、房子以外，柴草垛也是必看项。

我家常是三个垛，一个是草垛；一个是以庄稼秸秆、叶子为主的垛，像散落的高粱秸、棉花秸、谷子秸、豆叶、棒子叶、树叶等属于一类垛在一起；还有一个垛是庄稼根茬，如谷

41

茬头、高粱茬、棒子茬等垛在一起。三个垛并排垛在院里东边，很壮观，酷似蘑菇形状牢牢长在那里，又像身材高大魁伟、头戴钢盔的哨兵站在那里，让一家人安然与温暖，踏实着人的心。

高大的柴草垛是我们向往和奋斗的目标。我和大哥是我家拾柴拔草的主力。学校放过秋假，便是拾柴拔草剧幕的拉开。四处打听着哪个生产队什么时间、什么地点斫棒子、割谷子、砍豆秸，一有信息毫不犹豫地拿起工具就奔去，好像发现宝藏一样急不可待去开发。豆叶比较受欢迎，它轻也干净，往家运或者晾晒都方便些，烧火做饭也顶事。当生产队社员收割豆子时，地四周站满了搂豆叶的人，这些人多数是像我们一样的放假学生，还有些就是年迈的老人。人们不停地扫视着地里豆叶多少的分布情况，有的把搂豆叶的耙子攥得紧紧的，有的用耙子搂搂地边的土，试试耙子是否赶劲挡饯。当看青（护秋）人员手一挥示意可进地搂柴了，此刻人们就像脱缰的马奔向锁定的目标。说笑声没了，只见满地尘土飞扬，身影在尘幕中舞动，年轻人用耙子搂，年迈的用手捡。不多时尘埃落定，一眼望去，一片大地真干净。一个个坟头大小的豆叶堆出现在地里。只有这时候人才消停下来，有的半躺在柴堆小憩，有的深深地吸着旱烟，有的凑到一块儿交流天下大事，有的坐在地上磕打着鞋里厚厚的土。个个蓬头垢面，只有两排牙体现着身上的白色。

斫谷茬头更是力气活，也需要巧劲，否则干不多时满手都是血泡，钻心地疼。我家其中一个柴火垛，基本上都是谷茬头垛起来的。谷子收割之后，留在地里的谷茬很硬，根底很深，用小镐连根带茬刨出来，把土磕打干净，运到家的院中晾晒干，是做饭的好柴火。我哥满身的力气，是拾柴的能手，在村里小有名气。他斫谷茬头更胜人一筹。明亮锋利的镐头，平滑细致的镐把，被汗水打磨得均衡合手。镐起镐落，轻松自如。别人斫一会儿就得直起腰歇歇，他不用，他总是不停歇地斫到地头，让别人望尘莫及。每次我们拾柴总比别人多好多。

农村有谚语："拾柴拔草，一辈子高不了。"生活在那个年代的人已顾不上想将来是否有出息，你不拾柴拔草眼下的日子就过不了。谁内心就愿意拾柴拔草连鬼都不会相信的。

拾柴拔草，常常披星戴月，风餐露饮。没睡醒的我们天蒙蒙亮就被叫醒下地。推开屋门，月亮挂在西天，冷艳的月光流泻在院里，身穿单破衣裳顿觉寒凉。带上工具、干粮和水，奔向田野。走在深秋的阡陌上，秋风瑟瑟秋草黄，虫儿已收声，满目霜白苍凉，真有《诗经》中"蒹葭苍苍，白露为霜"诗句的景状，所不同的是我们没有那么浪漫，不是为了"伊人"，而是为了生计多拾些柴草。

午饭多是在地里吃，因为背着筐或推着车到三四里地外，甚至五六里外的南王庄、马江等周边村地里才能找到柴草，若是回家吃饭，时间都耗在路上，所以就不会来回跑的。把自带的用布包着的棒子糁或高粱糁饼子，还有大酱、小葱或自家腌制的咸菜摊开在柴草上，便是我哥俩的午餐。饼子风干后硬得咬着很费劲，往下咽时划得嗓子生疼，吃口小葱蘸酱、喝口水可缓解一些。水，是用空酒瓶子或空输液瓶子灌的凉水。干活出汗多喝水就多，一瓶子水是远不够的，口渴难忍不得不四处找水。幸运时碰上有生产队浇地的可在水泵出水口或是趴到垄沟边喝个够，再灌满瓶子带回。那时的水啊，明澈、清冽、甘甜，喝着真叫舒服。有时喝得走起路来肚里还"咣当咣当"作响。没有机井水时，能找到土井也不错。用绳子把瓶子口绑住放到井里往上提水。几只青蛙、蛤蟆在井水里游来游去，谁也顾不上那么多了，"咕咚咕咚"一饮而尽。蒸笼似的溽暑盛夏，干渴得嗓子冒烟，水源难觅，发现车道沟存有雨水，便用手清理一下浮在水面上的草芥及驴粪马粪等杂物，捧起水就喝。人们常说："饥不择食。"同理，渴也不择水。生存环境决定着人的生存方式。在生活窘迫的岁月，苦水、不洁净的水也得忍着咽下去。

那年代谁家有辆胶轮小推车就算富有了，让人羡慕得不得了。多数家庭没有，我家也没有。柴草拾多了，就得用车往家运，父母就得走东家串西家借车。有时借到一辆小推车是很难的，我们只好在地里等着，等到满天星斗，饥肠辘辘时借来一辆。急忙装车，柴草在车上垛得比人高出许多，推车时看不到前边的路，咋办呢？每遇到这种情况都是大哥推车，我在前面高高地举着搂柴的耙子做向导。这种车非常难推，眼前方向不明，脚下路况不清，没有方向感和力气是驾驭不了的。

借不到小推车时，就得用绳子往家背。把绳子对折铺在地上，双腿跪下将柴草一把一把地理顺放在腿下压实，然后抱到绳子上。柴草放完后，把绳头从另一头穿过，使劲勒，手拽脚蹬，勒得越紧越好，打个死结，再把耙子插进柴草捆中。翻个过，仰面躺在柴草捆上，胳膊伸进绳子里到肩膀，用力前倾，腰部使劲，跪地，弓腰，撅起，小山一样的柴草背了起来。沉重的柴草使绳子深深地勒进肩膀，走一段路，肩膀疼得刀割一样，实在受不了了，就把手伸进绳里垫着，稍过一会儿，手也麻得没了知觉。如赶上大风斜雨，凌厉的风雨吹打得人东倒西歪，雨水汗水交织在一起，眼难以睁开，步履更是艰辛。有时会弯下腰，缓一缓，但不能坐下来，一旦坐下来，就很难再起来。只能咬紧牙关，抬着头，眼睛直直地盯着前方，一口气背到家。

汗水不会白流，院里的柴草垛一天天地长大了。恰如哲学家泰戈尔所说："光明就在我们的面前，只要你能挨住痛苦，走过重重黑暗，你的负担将变成礼物，你受的苦将照亮你的路。"一个人在苦难环境中栉风沐雨，他的生命就会像草一样蓬勃，像树一样顽强。

闷热的天气里，一家人午饭后坐在院中树荫下。父母一会儿看看高大的柴草垛，一会儿看看我们兄弟几个，眼角堆满笑纹，这是极自豪的笑纹。他们明白，这屋这院里天天生长的不仅仅是柴草垛，也不仅仅是我们兄弟几个的年龄和个头，而是生活的希望与飞天的梦想！

四、红薯窖和猪圈

在我们河北安平县老家，人们把红薯叫成色药。"色"发"shǎi"的音。到底为什么叫色药，起源是什么，已无从考证。反正现在人们还是这个叫法。

红薯"身份低微"，是不折不扣的"舶来品"，原产地在南美洲，明万历年间由菲律宾传入我国，四百年来在华夏大地生根开花。它"可粮可菜，方便种植"，是养家糊口的好东西，祖祖辈辈不知有多少人是靠它才存活下来的。我的家乡也是红薯主产区。每年每人从生产队能分到二三百斤，成为"瓜菜半年粮"的主打产品。为了保住这"半年粮"，家家户户在自家院里挖窖存储红薯。

我家的红薯窖在院里西边，是我参军入伍前挖的，使用了几十年依然牢固。据说是院里土质好，是横土，还有胶泥。自从分田到户之后，可能是粮食充足了，也可能是过去吃红薯吃伤了，家家户户很少再种它了，似乎连平时闲聊都不愿意说到它，好像一提到它心里就犯酸一样。由此，红薯就从"半年粮"的重要位置上退了下来，成了稀少之物。红薯窖自然也就没了多大用处。四五年前，弟弟彦宗担心老人或孩子不慎掉入窖中，为消除事故隐患，就把它填了。

红薯窖口呈圆形，直径大约六十公分，窖口用砖砌成，比地面高出一些，防止下雨水流到窖里。窖井深三四米，井壁两侧挖有脚窝，供上下窖之用。底部是从窖井一侧掏开去，呈扇状，有一米多高，两平米左右，是存放红薯之处。除放红薯、拿红薯外，窖口是盖着的。天好时也揭开盖子通通气。

挖红薯窖费时费劲，还得两人配合，一人在上面用绳子绑住筐或篮子往上提土，另一个在窖井挖土往筐或篮里装。挖土的就得是小孩，大人在窖井里转腾不开，没法干活。我们放学之后，不是去做作业，而是拿着小镐、小铲钻进井里挖窖。由于年龄小，工具也不行，每往下挖一尺也很难。特别是遇到胶泥层能把人急死，胶泥就像橡胶一样，用力小刨不动，想用力又甩不开。人在窖井里不是蹲着就是半跪着，出气都不顺当，又闷热又着急，满身是汗。没办法，谁让你生长在这个环境里呢？还得耐下性子用小铲一点一点地铲。日复一日地挖土不止，日复一日地一身汗水一身泥土。每次从窖井中钻出来都是"泥人张"。

窖内温度大概十七八度的样子，非常适合存放红薯。每当生产队分红薯运到家，先把红薯拐子（红薯的根）去掉，用筐运到窖里，然后用沙土盖上，才算了却一桩心事。

自家院里有了红薯窖，窖里有了红薯，一家人的心就坦然了许多。

那时，一天三顿饭都离不开红薯。早晨红薯粥，中午熬白菜贴饼子馏红薯，晚上红薯粥。几乎天天到窖里去，以至于把窖口磨得发亮，窖口上的砖磨得都没了棱角。多数时是母亲一人大清早到窖里取红薯。她先把筐用绳送下去，然后用砖把绳头压住，下到窖里装筐，手脚并用回到地面，再把红薯提上来。之后就忙着做早饭。

红薯在窖里能完好地存放到来年春天。春天的红薯细甜细甜的。人们赞美红薯窖真是个好地方，冬暖夏凉，不需任何条件就能把百姓填腹之物保存得这么好。最让人回味的是做过晚饭后，从窖里挑两个顺溜的红薯埋在灶膛余火里，等到从当街疯跑一晚上回来后，从灶膛里掏出来，干干的皮包裹着黄黄的瓤，冒着香甜的热气，那真叫"脍炙人口"。美美地吃两个，就安然入睡了。

红薯窖里浓郁的泥香、氤氲的地气、适宜的温度与红薯吸取的田野里的日月光华相融汇，这窖中之物乃成美物。人食之，便蕴藏了天地之气，人也就有了灵魂和精神。

再说说猪圈。我们家乡的猪圈与其他地方有所不同，猪圈在自家院里。猪圈包括猪窝、粪池、茅厕三部分。猪窝和茅厕多是用坯，粪池用砖砌成。我家的猪圈在院东南侧。猪圈是个既让人生厌又让人离不开的混合体。它臭气熏天，特别是炎热季节一场雨后，更是散发着潮湿的腥臭味。蛆在粪池污水中蠕动，苍蝇、蚊子在空中飞舞，发着"嗡嗡"的噪音，一会儿落在人的身上，一会儿又想往屋里飞，还让人挥之不去。圈中的猪可能是饥饿的缘故，不停地"哼哼"着，让人烦恼不断。起粪是脏活累活，是男人们的事，是谁也不愿意干的活。粪池两米来深，用粪叉一叉一叉地把粪扔到地面上来。一般猪圈要出五六方粪，要用一天时间才能起完，累得腰疼腿酸，溅得浑身是粪渍。然后还要把粪精心地堆成梯形，再请生产队记工员来量方，按立方米记工分。量完方后生产队就派人来把粪运到地里。

猪圈也给人带来诸多益处，"没有大粪臭，哪有五谷香"。庄稼人都知道："种地不上粪，等于瞎胡混。"那时种地主要用猪圈的粪，化肥很少用，也没钱买化肥。在地里厚厚地铺上一层猪粪做底肥，长出来的庄稼和蔬菜绿油油的，一派丰收景象，而且纯绿色无公害。猪圈里的猪更是农家人的宝贝了。一家人一年的花销和吃肉主要靠它。一般一年就养一头，多了养不起，没有那么多猪食。出了正月花少点钱买个小猪崽，喂到腊月十五左右就能长到一百六七十斤。进了腊月初十，村里就有了自愿成立的由七八个人组成的杀猪班。屠宰点在村东头的十字街，村原关帝庙旧址上。我家每年都杀头猪。杀猪这天最少要两个有力气的男子汉，到猪窝里把百般抵抗的猪放倒，用绳子将四条腿绑上，用木杠从中间穿过，猪肚子朝上，两人一前一后把猪抬出猪窝。猪可能有预感，知道这一去就再也回不了这窝这圈了，不停地叫，声音更是撕心裂肺。母亲听到自己一年中风里来雨里去端着泔水盆喂养的猪这样的惨叫多有不忍，就躲到屋里不再看这种场面。

就像梁实秋《猪年说猪》一文中讲的，年关将届，她噙着眼泪烧一大锅开水，给猪洗第一次也是最后一次热水澡。这澡洗得真是彻底，进去时满身是黑，出来则是全身的白净。

猪窝里空了，过了年再买猪养起来；粪池里空了，天天再继续积肥。年复一年地重复着。

院子老了，屋子老了，里边的故事也老了。

事实上，人并不是总是向前走的，到一定程度就往回走，去寻找自己的来路、起点、形而上的东西。对起点的好奇远超过对未来的好奇。为什么有考古学？因为人类有回望的冲动。个人也一样。回望曾经走过的树林、庄稼地、红薯地、苜蓿地；回望高高圆圆的柴草垛、圆圆深深的红薯窖和猪圈、鸡窝；回望亲历或是耳闻的人和事。回望中寻找故乡给我们基因里灌注的魂魄、情愫、根脉、精神与力量的源泉。

从一定意义上说，生命并非始于诞生，而是始于记忆。

2020 年 11 月 16 日

49

山后的秋

颐和园万寿山北边，人称山后。山后有一个湖，叫后湖。湖西起半壁桥东到苏州街，有四华里的样子，大体上贯穿山后全部。湖两岸的花草树木、亭台楼榭、湖光山色、小桥流水游船，构成山后皇家园林的美丽画卷。因为是山后，相对偏僻，乍到颐和园的游客少有走到这里的，是闹中的幽静。山后的秋天，不同于夏日的火热、冬天的苦寒，它和春天是孪生姐妹，色彩丰富。一片一片的，一层一层的，黄的如金，绿的如玉，红的似火。恰逢今年深秋时节北京下了一场多年少有的大雪，又添了几分妖娆。红的透着白，白的透着绿，黄的金灿灿，碧水映着蓝天，如同一幅色彩浓郁的山水画，真有"欲把西湖比西子，浓妆淡抹总相宜"的意境。

山后的油松、桧柏最多，遍布整个后山坡，多是百年以上的古松柏，粗壮参天，遮天蔽日，棵棵像雄健的士兵，直挺挺地矗立在天地间。阵阵秋风吹来，其他树叶已开始飘落，但它们依然青翠厚重，不掉一针一枝。行走其间，让人感到沁人脾肺的清香和生命的神圣。灵巧欢快的小松鼠拖着扫帚一样的尾

50

巴在树上爬上爬下，蹦来跳去，增添了松林的灵动。灿烂的夕阳洒到松树和松下泛黄的葳蕤的小草上，松柏间、草地上充溢着光气。秋天的银杏树是山后一景。进入寒露时节，叶子渐渐地由绿变黄，进而变成金黄。片片叶子像扇子，像黄蝴蝶，又像小裙子泛着金光。树上的白果像橘黄的小灯笼一个挨一个地挂在空中，把银杏树装点得一身高贵。一群群暮鸦驮着日色在林间飞来飞去，向游人展示着它们的自由与快乐。即使到深秋，叶子离枝而落，犹如满地黄金甲，诱人纷至沓来。宝枫树分散广泛，有的独自生长在湖边乱石中，带着满树的红叶垂到湖面，像身着红裙的少女亲吻着水面；有的生长在旧台古垣旁，不停翻动的鲜亮的红叶与古老的红墙灰瓦相映照，让人想到了新生与旧去；有几棵同杨柳、梧桐、山榆等树木混生一起，连成一片，一树一枝一颜色，色彩丰富，浓淡相宜。但还是枫叶最惹眼，层层叠叠的枝叶在风的簇拥下上下起伏着、飘动着，像一个个舞者在尽情地舞动，姿态婆娑。看着这优美的舞姿，内心也如燃烧一般，激昂热烈。

秋天的湖水沉静透彻。岸边的山石亭台，树木花草，红男绿女，朵朵白云，倒影湖中，湖泊、湖岸、天空融为一体；游船驶来，荡起圈圈波纹，遇石翻起浪花，无石如人抖绿绸，也是别具一格的风景。爱美的姑娘们更是喜欢这浪漫的佳景，不少是请专业摄影团队来拍倩影的。可能是现在的年轻人工作生活节奏快、压力大、常在嘈杂环境的原因，我发现美女们爱装扮成宋朝仕女形象：低垂鬓发斜插镶嵌珍珠的簪子，身穿淡雅长裙，袖口上绣着淡色的花卉图案，银丝线勾出的几片祥云，下摆是海水云图，胸前是宽片锦缎裹胸，手持彩色纸伞、书卷或小圆扇子等。她们不停地转换场景，不停地变换拍摄姿态，努力寻找着淡雅恬静、含蓄内敛的感觉。举手投足如风拂杨柳婀娜多姿，一笑一颦楚楚动人。远远看去，既是人在景中，又是景中美景，增添了山后秋的韵味。一切适情怡性之物，未必大而华贵，要在主客默契，时节相当。

偏西的太阳，洒着光芒。我走在湖边，听到身后有充满激情的你一言我一语的说笑声。"哎哟，多年不见，你还是这么年轻漂亮，模样就没有什么变化。"另一女士接着说道："你也一样呀。我给你说，我二十多年没到这山后来了，没想到这里的秋天还这么美！"有一男士紧接着说："那以后咱们常到这里来走走。景美心悦，我看你们都很年轻漂亮，还是当年的绰约风姿。但，你们想想，是不是我们现在就像这秋天，秋天也像我们？多美啊！"我听这人说得挺有感慨的，不由回头一看：七八个人的小团队，看上去六十岁左右的样子，穿着打扮时尚，每人背着双肩背包，满脸带着喜悦。我猜测他们应是睽违多年的老同学或是老战友的关系，他们相互间的言行随意自然，而且充满情感，无拘无束。

"我们就像秋天，秋天也像我们。"这话有道理。用一年四季时序来比方，他们的年岁都已过了两季。经过了少年的青涩，青年的炽热，来到这中年的沉稳。秋天也是经过了春的萌生，夏的生长，才有了秋的成熟与多彩。人生的秋天，少了功名利禄的诱惑，少了工作的压力与迎合，身心是轻松自然的，回归了人的本真。那曾经的人、曾经的事、曾经的话，就像这眼前的枝叶，有红的、黄的、绿的、灰的，有的还长在树上，有的已飘落在地，深浅有致，或至真至美，或残缺有疵，都成了我们人生的底色。经历的所有爱、恨、情、怨都是生命中该出现的，否则就不会是多彩的人生。爱恨情怨都是财富，酸甜苦辣都有营养。唯有这静默的秋，可以将所有经历的爱和情悉数尽收，让一路的恨和怨随风飘走，在心上生成一叶静美的清新。

当然，在不同人的眼中，秋天有着不同的意境。秋叶的飘落，有的人看到的是欢快的舞动，有的人看到是凄婉和飘零；有的人看到的是风的追求，有的人看到的是树的不留；有的人看到的是"落红不是无情物，化作春泥更护花"，有的人看到的是"草木本是无情物，风吹落叶来去无"。这是人和人之间的差异，有了这种差异也就有了不同的人生。

2021 年 11 月 19 日

石缝中生长的树

　　8月，几家相邀到红色圣地井冈山旅游，今天行程安排到八角楼参观。我之前没有到过八角楼，早有敬仰之心与神圣、神秘之感。1927至1929年，毛泽东、朱德等红军领导人居住和办公在这里。毛泽东在八角楼的青油灯下写下了《中国的红色政权为什么能够存在?》《井冈山的斗争》两篇光辉著作，提出了"红色武装割据"的光辉思想。八角楼的灯光在茫茫黑夜里照亮了中国革命胜利的道路。

　　来到这里，一进院先被院中一棵独立的大树所吸引。这棵树枝繁叶茂，树干粗壮且有六层楼高，根脉龙似的紧紧缚住山石和大地。更让人赞叹的是它生长在石缝中。据工作人员介绍，这棵树叫石枫树，已有一百多年的树龄，当初生长在很狭窄的石缝中，慢慢长大把石头撑开分成两半。当年毛泽东经常在树下给红军战士讲革命道理，把树下的石头比喻为蒋介石，把枫树比喻为红军，红军一定是有力量战胜蒋介石的。

　　我对这棵树肃然起敬，百年石缝中的沧桑，饱经风雨酷暑而不衰，靠自己的力量居然还能把坚硬的石头撑成两半，这是多么顽强坚韧的生命啊！不但如此，它还见证了革命力量的兴起，感知了红军战士不屈的性格。树根里浸润着革命的血液，树身中充盈着向上的力量，树叶上闪烁着思想的光辉。它已是品格和精神力量的象征，这种品格和精神，可以韵味悠长地直抵人的心灵，甚至可以改变人的一生。

石枫树前，我站立良久，浮想世间每棵石缝中生长的树。

石缝中的树不像苗圃中的树那样有优厚的待遇。苗圃管理者把未必是优良的种子，种在土质肥沃、阳光充裕的地方，有专人锄草间苗追肥，定时修剪培土增加营养，如果此地感觉不好，还能及时移栽到一个更好的地方，比如先到温室培育，再到机关大院、湿地公园、景观大道等等。石缝中的树可没有这样的待遇，全靠的是命运。可能是那不定的风把那无人采撷的种子刮来的，可能是鸟将它衔来的，还可能是人的鞋在雨天将它和泥土一起带过来的。一个偶然机会撒落到石缝中，当它们不能再找到泥土，便只能把最后一线生的希望寄托在这一线石缝里。尽管也能从阳光里分享到温暖，从雨水里得到滋润，而唯有那一切生命赖以生存的土壤却要自己去寻找，同时，还要适应环境，有发芽的能力。冰心说："不是每一颗种子都能成树，不生长的便成了空壳！"

石缝中初长的幼苗生存下来非常不易，两侧的石头坚硬没有星点营养，根须是扎不进的。石头也不是完整一块，碎石随时可能滚落下来，幼苗随时就有没顶之灾；石缝中阳光本是难得的，如有一叶、一枝遮住了太阳，幼苗就难见天日；人是到处走动的，假如有人行至此地，可能有意无意随手拔掉或是用脚踩死。种种可能都是存在的，幼苗随时都可能夭折。只有得到苍天的眷顾幼苗才得以生存下来，不毛的石缝间生出倔强的生命。

生长在石缝中的树，它的根部盘根错节，从一个石缝中扎进去，又从另一个石缝中钻出来，像绳索一样紧紧地缚住山石，丝毫也不敢懈怠，以迎击狂风暴雨的侵袭。树干被石缝夹得遍体鳞伤，像结痂的皮肤一样凹凸不平，纹路粗糙。它们没有条件生长宽阔的叶子，因为它们寻找不到足以使叶子变得肥厚的营养，它只有细瘦的薄叶，那细微的叶脉告知你生存该是多么艰难。但它始终顽强地呼吸着、抗争着、努力着、拼搏着……

饱经风霜雨雪，历经虫咬石击，石缝中的树长大了，赢得了属于自己的一片新天地。这些树有的像黄山上的"迎客松"万人仰视，有的像泰山顶上的青松挺拔俊秀，有的像八角楼院中的石枫树内涵丰富，等等，它们使高山峡谷有了灵气，它们实现了生命的辉煌。但多数还是那些普通的没有多少人知晓的树，既不是栋梁之材，也没有景观价值，但假如没有它们，世间就会有大片大片的地方成为永远的死寂，飞鸟无处栖身，山地少了绿色，建房缺了椽檩，一切借树木赖以生存的生命就会少许多。我们还曾见过生长在悬崖峭壁石缝中的崖柏，酷暑寒冬几十载，它不曾长大，奇形怪状，或就是一个木疙瘩，没人关注它。但它有着稠密的年轮，更知世间冷暖。在雕刻工匠们眼里，这种树质地紧致，光滑如凝脂，稍加打磨就有玉的手感。雕刻成观音菩萨或弥勒佛摆在堂中，人们要顶礼膜拜，祈求幸福吉祥。这就是石缝中生长的树的特有价值。

当代诗人林希说过，生命正是要在最困厄的境遇中发现自己，认识自己，从而锤炼自己，使自己的精神境界得到升华。石缝中生长的树，它既是生物学的，又是哲学的，是生物学和哲学的统一。它又是美学的，作为一种美学现象，它展现给你的不仅是装点荒山枯岭的层层葱绿，它更向你揭示出美的、壮丽的不凡生命。

石缝中生长的树啊，是值得赞美的树！

2019 年 10 月 18 日

涛　韵

连续三年的暑期，女儿都租订地处南戴河黄金海岸的奥景蓝湾小区的公寓，我们一家人每年就住上些日子。公寓临海而建，楼下便是私家浴场。从住所到浴场不足二百米，听涛观海、下海游泳、赶潮踏浪等都非常方便。

今年仍然要去住一段时间。从北京住所驱车约三百公里便到了公寓。卸车、搞卫生，将吃穿住所用之物归置好，忙忙碌碌的一天。吃过晚饭后天色就已较晚了。可能是开车、搬运东西和晚饭时喝点酒的缘故，浑身有些困乏。本想要看看夜色中的海，实在不想动弹了，索性就躺在床上听涛声，感受涛声给人带来的轻松和舒畅吧！

今晚的月亮像年轻女子的脸，温柔而又含情脉脉。娴静皎洁的月光，清凉如水，洒进我的卧室，衬出夏夜的静谧，多好的夜啊！能让我静听久违的悦耳的涛声。那涛声，在微风的陪伴下轻柔地、缓缓地走近我的耳边，袅袅地呢喃细语，倾诉着平日里的喜怒哀乐，希冀着我与她的共振同鸣，若是如此，那涛声就更像热恋中的情人，更紧密地围绕在我的身旁，让人迷恋与陶醉。"哗……哗……"风大了，涛声也大了。那涛声是波涛拂海的音韵，像一首荡人心扉的乐曲，柔美清纯，仿佛天籁之音。在这如水的月光里，在这醉人的涛韵中，流淌出一段段旧时光。这月光，这涛韵，像是一对情侣漫步在蜿蜒的柔软的海边沙滩上，一会儿对视微笑，一会儿低头密语，气韵丰足迷人，两人的心就像快节奏时跳动的音符，互动默契，触动着心的激荡。

月升高了，天空飘动着淡淡的云，涛声如歌，朦胧中毛宁唱的《涛声依旧》回响在脑海中："带走一盏渔火，让它温暖我的双眼。留下一段真情，让它停泊在枫桥边……久违的你，一定保存着那张笑脸……涛声依旧不见当初的夜晚……"甜美抒情的歌声，无论何时，在我心里，都是如此亲切，如此熟悉！如此涛声依旧，如此敲打着我的无眠……

清晨，我满怀兴致地来到海边看海观涛。太阳刚露出地平线，像一炉沸腾的钢水，喷薄而出，放射出万道光芒。满天红云，满海金波，闪烁着、跳跃着无数光芒，有几分神秘、几分辽远。放眼望去，那绮丽的浪涛，一层层、一波波地流动着、荡漾着。那涛，就是一位风韵犹存的少妇，波的弧线是她窈窕身材的线条，波涛上卷起的浪花是她舞动飞扬的洁白裙边。微风吹拂着大海，虽没了波涛汹涌的冲击力，但还是很有韵律地波动着，给人以内在美的享受。泛着磷光的海面，是她放着光芒的明亮的大眼睛，一眨一眨的，满怀深情地望着你。她常缓缓地走到岸边亲吻着柔软的沙滩，偶尔也激昂地拍向岸边荡起绚丽的浪花。

我站立岸边良久，观景生情，想起一首诗："岸边眺望海天开，浪涌波涛阵阵来。恰似佳人翩翩舞，魂销融入海胸怀。"这首诗的作者是谁我已忘记，但道出了我此时的心声。

晌午，烈日炎炎，大海像喝醉了酒，太阳目光迷离，吐露着一串串浪与涛的呓语。风大了些，波浪也大了。下海游泳的人也多了起来。我有了下海的冲动，去感受风浪中波涛的韵味。沙滩软软的，波涛猛地打过来，浑身顿感凉冷。再往深处走，海水是温暖的。波涛带着浪花高兴地一会儿向你扑来，一会儿又带着笑靥离你而去。就像所有的日子，分分离离，聚聚散散，这样也倒觉得另有一番韵味。海风使波涛缓缓地翻腾起伏着。我戴上救生圈浮在水面上，松着筋骨，摊开手脚任意东西，随波漂荡。那波涛时而把你推向波峰，时而让你滑下波谷，一上一下非常惬意，让你优哉飘然，如醉如痴。这种感觉也可能是人们愿在浪涛中游泳的原因吧。一波波的浪涛把你推到岸边，紧接着又有一波浪涛触岸后又卷了回来，把你又推到海中，让你不能控制自己。这是涛的缱绻，涛的依恋……

2020 年 8 月 18 日

温泉小镇上的庭院

从家住的海淀定慧寺出发，驱车一小时左右驶出大广高速，便是一条笔直的宽敞大道通往温泉小镇。路上很少行人和车辆，让人一下子轻松了许多。道路中间隔离带和两侧的花草树木郁郁葱葱，满眼绿色和花色。空气中散发着禾苗、青草、泥土的气息，使人神清气爽。当行至距温泉小镇不足一公里时，近百亩地的油菜花夺人眼神，情不自禁地下车欣赏。

五月中旬，正是油菜花盛开的季节，放眼望去，整块地像披着一块金黄的毯子，和风习习，波浪似的舞动着。蜜蜂、蝴蝶围着花儿飞来飞去。观光的人们，红红绿绿的服饰装点着景色。人们在花的海洋里，或是俯身闻着醉人的花香，或是摆着各种姿势拍着视频，或是欢快地追逐嬉戏。不同形态的云朵在蓝天上慢慢地飘动。天上的云、地上的花、空中飞舞的蝶与欢笑的人彼此互动着，构成一幅精美的图画，让人流连忘返。

沿着油菜地边上的小路再往前走，便是环温泉小镇的带状公园。公园里灌木、乔木和草本植物栽种得错落有致。公园里铺着塑胶跑道，花草簇拥在跑道两侧，随风摇摆，欢迎着休闲健身的人们。一条小河贯穿在公园中间，鱼儿在水中悠闲地游来游去，青蛙趴在水边发出阵阵叫声。河上拱形小桥造型别致，桥边绿柳垂着长长的柳丝在春风中飘动，使人联想到"流水小桥杨柳岸""树阴照水爱晴柔"等精美诗句的意境。老人们坐在凉亭中说着古今那些事，孩子们释放着天性，有的在追逐着蝴蝶，有的在用力蹬着滑板车冲刺，有的提着小桶拿着小铲挖土和泥……

我到温泉小镇来过几次，每次都来去匆忙，没到小镇上走过，今天时间尚早且无急事，索性把车停放好，决心步行围绕小镇走一圈，以便加深对小镇的了解。

往西步行约一里地便是"温泉酒店"。工作人员引导我边参观边介绍。酒店集会议、休闲、健身、餐饮于一体，有篮球、网球、乒乓球等运动健身场馆。泡温泉更有特色，这里地热资源丰富，素有"中国温泉之乡"的美誉。以温泉为主打品牌，小镇上家家户户都用温泉水洗澡。地热出口的水平均温度在八十摄氏度以上，富含偏硅酸、锶、钡、硅、锂等十多种有益人体健康的微量元素，对风湿关节炎、胃病、骨质增生等都有不错的治疗效果，还有降血压等作用，很多城里人慕名而来。之后我也带孩子来泡过，浑身爽滑舒适，倍感轻松。

温泉小镇由原来的四个村合并而成，共有居民九百八十户，四千四百多人，面积五千九百亩。三纵三横的宽敞街道，小镇在高大的梧桐树、银杏树的掩映下显得幽静、庄重、大气。幼儿园、小学、文化广场、超市、卫生院等公共设施较齐全，给人感觉生活在这里非常方便舒适。

小镇南边有一个集市，每天下午四点开市。来赶集的多是小镇上的居民，他们熟悉地打着招呼。也有北京、天津等在小镇买了房子来小住些日子的人。赶集的人像是闲转散心一样，不急不忙，可能有的就是来转着玩儿的，没什么非买不可的任务，就是来感受这种氛围的。如作家汪曾祺所说："到了一个新地方，有人爱逛百货公司，有人爱逛书店，我宁可去逛菜市场。看看生鸡活鸭、新鲜水灵的瓜菜、通红的辣椒，热热闹闹，挨挨挤挤，让人感到一种生之乐趣。"

集市上摆摊的人把摊位挤得满满的，摊上多是自家地里长的、家里养的，像苣苣菜、马齿苋、稷子、黍子、高粱等野菜杂粮以及瓜果梨桃、鸭蛋鹅蛋柴鸡蛋等琳琅满目。因没有中间商赚差价，价格也便宜很多。不管扫微信还是给现金，总感到自己还是很阔绰的。大包小包地满载而归。

当夜幕降临时，集市北边的夜市便热闹起来，熙熙攘攘，五光十色，满世界飘着香味与欢笑声。烧烤、一锅出、河间驴肉火烧、沙县小吃等风味小吃，吸引着人们。或是一家人，或是约上几个朋友，点几个得心小菜，要上几瓶啤酒、饮料，边吃边聊，也别有一番风趣，化解一天的疲劳和忧怨。

时间过得很快，一晃大半天过去了。走马观花，花也是美丽的，让人感叹这小镇是美丽宜居的。

如果将环绕北京周边的美丽村镇、湿地公园、文化古迹、人文景观等串联起来，比作是一条璀璨夺目的项链，那么，这温泉小镇就是镶嵌在项链上的一颗绿色珍珠。

我家的庭院，就在这温泉小镇上。

进入小区经过几排联排别墅后，便是我家的庭院。庭院中一切都令人感到舒适温馨。房子是三层小楼，有着欧洲建筑风格，八字形的灰瓦屋顶高低不同，错落有致。罗马柱排列组成的半菱形阳台，拱形门口，米黄色涂料喷涂的墙体，红褐色板条将墙体分成几个板块，小楼古朴典雅。

院子虽不大，满眼是风景。院西南角是温泉泡池。泡池房像个四角的凉亭，周边镶上毛玻璃，顶是用红瓦铺就的，跟楼房色调相得益彰。在温泉泡池中玩耍是最受孩子们喜欢的。放满水，孩子们在里面嬉戏打闹，一玩就一两个小时，多次呼唤就是不肯上来吃饭。在寒冷的冬天，看到泡池中不断升腾的热气，听着孩子们在池内的嬉闹声，让人顿增温暖之感。每当他们从池中出来，白里透红的小脸蛋，光滑细嫩的肌肤，更是漂亮可爱。

同泡池相连的是松木搭建的葡萄架，葡萄架一端装着一对吊环，一端装着秋千。凡来的男士都要拉拉吊环，练练臂力，想锻炼肌肉。荡秋千很惬意，大人小孩都喜欢，越荡越高，有飘飘然的感觉，使人心旷神怡。

庭院中的葡萄真叫好，共四棵，玫瑰香、巨峰、白香蕉三个品种，长势喜人，连年丰收，也是院中一景。4月份，给葡萄施了肥，浇了水，葡萄就使劲抽条，长出碧绿的叶子。真快！好像憋了一冬天的劲儿都要使出来一样，原是几根枯藤，几天工夫，青枝绿叶就铺满架，簇簇绿叶闪闪发亮。5月中下旬，葡萄就开花了，花很小，淡黄微绿色，你不走近是看不到的。花儿如米小，也学牡丹开，惹人喜欢。花期很短，稍不留心就结出了绿豆大小的葡萄粒。再过一个多月，一粒一粒的，像绿玻璃料做的圆珠形纽扣，硬的。8月份是最好看的时候，一串一串地悬挂在架上，挺括、丰满、圆润，青翠欲滴。白的像白玛瑙，红的像红宝石，紫的像紫水晶，璀璨琳琅。葡萄架下，沏上一壶铁观音茶，边喝边一串一串地欣赏，那幸福指数猛增。

诗人苏轼有诗曰："宁可食无肉，不可居无竹。无肉令人瘦，无竹令人俗。"我也附庸风雅，忝列学林，跑了几个苗圃才买来竹苗，栽到院里，紧贴着围墙形成一个小型竹林，又拉来景观石放在林中，景观石两侧各种一棵石榴树。经过精心管护，成活率很高，长势喜人，又长出许多新竹。尤其是雨后，尖尖的竹尖破土而出，挺拔向上，十来天就能蹿一两米高。石榴树不甘落后，努力伸展着枝叶。红得像火苗一样的石榴花从翠绿的竹林中探出头来，鲜艳夺目，点缀出庭院的热烈、祥和与生机。

我的书房在一楼，取名"澹思屋"，请著名相声表演艺术家姜昆先生书写悬挂屋内。"澹思屋"三字苍劲有力，可见姜先生书法功底非同一般。独自坐在书房恬静安然地读书，或是看看庭院景色也是享受。有一次，看庭院竹林，想起郑板桥"细细的叶，疏疏的节；雪压不倒，风吹不折"的诗句，又看到室内藏书，顿生四句话抒发情怀：

院有百棵竹，

室藏千卷书。

闻香知劲节，

静坐澹思屋。

院中的竹，室中的书，启迪着人的心智。四季冷暖的变化，世事学问的洞明，怎样去感知？怎样有心得？关键是个人的悟性和修行。春天花就开，秋天黄叶落，自然法则。不以物喜，不以己悲。在顺其自然中寻找快乐而成为自然，在快乐中又有着书的香、竹的节、石的骨为高境界。

白天，鸟儿落在庭院中的树上，欢快地在枝头跳上跳下，一会儿相互"掐架"，一会儿窃窃私语，一会儿一只飞走，一会儿又飞回来，一会儿一只在叫着，一会儿两只或多只在舞蹈和鸣。树上是什么鸟？它们说的鸟语是什么？唱的鸟歌是什么？我也不知道，也听不懂，只觉得好看好听就是了。没必要凡事都非整明白不可，那就太劳神了，活得就累了。

每到万籁寂静的夜晚，庭院中就有了虫鸣的和声，那是久违了的故乡夜晚的声音，那是一种浑然完满的感觉，胜过无声的静谧阒然，让人更快进入梦乡。安静并非无声，而是一种怡然的专情。

清晨，打开窗户，薄薄的晨曦，透着淡淡的雾，洒满了庭院。一花一草显得格外精神，挂在花草上的露珠折射出光芒，熠熠生辉。好一个干净、充满朝气的早上！多好的一天的开始啊！禁不住腹式呼吸，让清香灌满胸怀。岁月中多多少少的辉煌，往日里散散落落的遗憾，都随风远去。但依然揣着一颗年轻的心，在这美丽的庭院里，润着新日子！

2020 年 6 月 28 日

行摄南疆抒情怀

我是 2016 年 7 月在大兴区老年干部大学开始学摄影的。学摄影之后自然就同摄影人接触多了，便有了对摄影人更多的了解。摄影人对自然、对生命、对生活、对世间一切美好的东西都有着炽热的追求和向往，用镜头聚焦这一切的美好，每次按下快门都是炙热情怀的迸发。

2017 年 10 月，我应李书会老师邀请，参加"南疆旅游摄影团"到新疆的南疆拍片，这是我学摄影后第一次到外地进行专项拍片行动。我们按照约定到西客站集合，一同乘车出发。十二位影友到齐后，李书会老师跟我一一做了介绍。我一看摄影团成员，思忖着，哎哟，怎么都是老人啊，多数都是六十五岁上下的人，最长者八十二岁，五十八岁的我还是年纪小的。导游小闫也没想到，她说："我带团多年，这是遇到的平均年龄最大的摄影团，很担心出什么问题。"我也在想，都这把年纪了，天天舟车劳顿、爬山涉水能顶得住吗？带着疑问踏上开往乌鲁木齐的列车。动车向西呼啸疾驰着，大家谈天说地，兴致很浓。夜幕降临后，我拿出随行李带上车的一瓶衡水老白干和几个下酒小菜，大家高兴地围拢过来，你一口我一口地喝完后，才散去安睡了。

落脚乌鲁木齐后第一个观光摄影地是昆仑山脉的红其拉甫口岸。天蒙蒙亮，乘大巴车前往。大美南疆，处处是景。大家在车上兴致勃勃东张西望，指点河山发表感言，就连平时深沉少言的马老师也情不自禁，风趣地说："真是太美了，随便找个地方拍个片准能获大奖。"大家边附和着边用手机、相机拍个不停，生怕错过美景。行至半途，导游小闫突然打断了人们的思绪和手中的拍摄，说："非常遗憾，刚接到上级通知，为确保党的十九大胜利召开，红其拉甫口岸关闭，我们只能改变行动路线了，望各位老师理解。"我们的领队王世明老师首先表态："能理解，我们多数是共产党员，坚决按上级要求办！"小闫接着说："谢谢！这样吧，前面有一个湖叫卡拉库里湖，海拔3690米。湖的南面是慕士塔格山，号称'冰川之父'，海拔7546米。西面是公格尔山，海拔7649米，被称为新疆第二大高峰。山上住有欧罗巴白种人塔吉克族人，被称为'被上帝遗忘的民族'，能给各位老师带来无限的遐想和拍摄素材，想去卡拉库里湖吗？"大家同声赞同。"我提醒各位老师，年岁毕竟已高，又在高原地区，一定行动缓慢些。请大家做准备，马上就到。"当听到"做准备，马上就到"后，每个人就像即将出征的士兵接到了预先号令一样，立刻兴奋紧张地行动起来，谁也不再说话，只是熟练地擦拭镜头、预设光圈感光度、背上相机包、拿起三脚架……目的地到了，大巴车停好后，好像都忘记自己是多大年龄的人了，真像个小伙子，大步流星地各奔东西，向着自己选定的目标疾去。

站在卡拉库里湖边放眼望去，好一片美景，就像一幅精美山水画。湛蓝的晴空飘动着朵朵白云，太阳时而钻进云里，时而光芒四射，不断变换着光影。公格尔山气势磅礴，山峰银装素裹，万仞云霄，山脚郁郁葱葱，牛羊成群。卡拉库里湖像块精美的绿宝石镶嵌在群山之中，湖水清澈见底，水光潋滟，山峦倒映在湖里，云影在湖中徘徊，成群的鸭子在湖面悠闲地低语嬉戏，情意缱绻地伴送着游人。风吹草低，牧民兄弟骑在马上悠然地放着牛羊。正巧有位身披红斗篷、打着绿伞的维吾尔族姑娘在拍照留念。那红装、那绿伞、那美女增添了景色的律动。这景让人陶醉，伴随着"咔嚓、咔嚓"的快门声，美丽的山川和"被上帝遗忘的"神秘的民族，满怀深情地走进我们的视野。

　　辛弃疾写词说："我见青山多妩媚，料青山见我应如是。"他的词根本不像是八百多年前的古人写的，倒像出自现代诗人之手。多么像今天的场景，人山相谐，远近互构，物我两美，山水是灵动的，人物是能对话的，是融为一体的。真正的艺术创作一定是个体化的，一定是把你的思想情感，你对自然、对社会、对生活等方面的理解，用具象化的主体表现主题，情感越丰富，理解越深刻，结合越紧密，优秀摄影作品离你也就越近了。

　　太阳偏西了，由于路途较远，导游再三催促上车返回，大家不肯，都说太阳落山前光影最好，想再多拍一会儿。导游小闫真的着急了，人老，路远又颠簸，出了问题怎么办？"严厉批评"个别人后，大家才上车了。"个别人"上车后像小孩一样冲着小闫姑娘做个鬼脸，逗她一乐。一路上，人们兴趣未尽，你一言我一语谈论着所见所闻，谈论着拍片的体会，也说着由于吃喝拉撒的不便产生的段子。笑声在车内回荡，情怀在车内释放。

按照行程安排，10 月 25 日到轮台拍摄胡杨林。这天，一大清早人们就等候在大巴车前准备上车，生怕丢下自己耽误行程。南疆比北京天亮得晚一些，车行至胡杨林公园门口时天还很黑，大家急不可耐地走下车，借着车灯灯光拍摄此处唯一的一棵胡杨树，有的支起三脚架耐心地用慢门拍摄，有的围着这棵树不知转了多少圈，在不同角度拍摄。说真的，这棵胡杨树在灯光照射下就像一位亭亭玉立的美少女，婀娜多姿，不知吸引了多少人的目光，让人无数次按下快门。

公园门开了，大家驱车前往。导游熟练地介绍着情况："轮台县地处天山南麓、塔里木盆地北缘，这里有世界上面积最大、分布最密、存活最好的'第三纪活化石'——四十余万亩的天然胡杨林。胡杨生长期漫长，由于轮台胡杨林受风沙和干旱的影响，很多胡杨树造型奇特、诡异，有'活千年不死，死千年不倒，倒千年不朽'的说法。"听着导游的介绍就恨不得一步踏进胡杨林，看个究竟。

金秋十月，整片胡杨林好像染上了油画般浓烈的金色，叶子、枝杈、树干、裸露的树根，在初升的太阳照射下绚丽耀眼，满眼金黄色，让人赞叹！有的树挺拔向上直插云霄，有的倾斜依偎在别的树上，有的树冠虽没了但树干依然还矗立着，有的躺在地上，让人看得出饱经风霜、久经岁月的沧桑凝重。这场景、这树的各种姿态，让每个摄影人发挥着无限想象空间，你一言我一语地说着，这棵树像"天狗望月"，这棵像手持金杖的老翁，这两棵树连起来像一对舞者，这棵倒着的像一尊卧佛……每次发现都引得大家迅速围拢过来，每个人都忙着寻找角度，调整着姿势来印证像不像。看了、说了、笑了、照了，又迅速散去，再发现新的目标。大家不知疲倦、不知饥饿地背着"长枪短炮"不停地在拍啊、照啊，时而用相机拍摄，时而用手机留影，时而用长镜头拍摄，时而用广角拍摄，纵情地享受这大自然恩赐的景致。让自己对沙漠、对胡杨、对驼队拟人化了的情怀聚焦成一瞬间，成为永久的记忆。

一天的奔波忙碌结束了，终于回到宾馆躺在床上安歇了。但我久久不能入睡，一天的所见所闻像翻相册一样，一片一片地在脑中走过。那一幕幕的景色让人感慨，让人兴奋，让人沉思。胡杨有着对生命的执着，用坚忍和顽强使沙漠生机无限，用孤独和寂寞固守着千年不变的信念，它坚韧的意志，表达着永不言弃的决心。胡杨的执着、坚韧、顽强、不屈的信念和意志，难道不是我们摄影团每个人的写照吗？这些人中有的经历过残酷的战争年代、无情的自然灾害、社会的十年浩劫、家庭的悲欢离合、个人的风风雨雨等等，但他们依然精神矍铄，心态年轻得像个小孩，对一切都有着美好的向往和情怀。这些所见所闻都时刻改变着我最初的看法，他们很值得学习。越想越多，越想越难以入睡，于是，干脆起床，就把杂乱思绪梳理，写《胡杨赞》抒发情怀：

　　扎根黄沙仰晴空，
　　历尽沧桑似老翁。
　　酷暑严寒显傲骨，

71

躯干挺拔向苍穹。
驼铃羌笛已远声，
唯有胡杨亘古风。
欲问世间多少事，
三千岁月笑从容。

清晨，起床后先将此诗发"南疆旅游摄影团"微信群，不多时人们纷纷点赞。我认为，赞的不是诗好，而是他们在诗中找到了自己的影子。

2019 年 2 月 17 日

颐和园片景

西　堤

　　我家距颐和园较近，交通又很便利，我经常到颐和园或健走或摄影或散心。每到园里去都进南如意门，进门之后往左转走西堤向北而行。常走西堤，未免有情。

　　西堤是依杭州的苏堤而建。乾隆皇帝有诗曰："面水背山地，明湖仿浙西。琳琅三竺宇，花柳六桥堤。"六桥，即沿堤由南至北依次为：柳桥、练桥、镜桥、玉带桥、豳风桥、界湖桥。在练桥和柳桥之间还有仿岳阳楼而建的景明楼。堤岸桃柳，郁郁葱葱，桥亭楼台，湖光潋滟。西堤就像是镶嵌在昆明湖中的一条长长的翡翠玉带。

　　很多游客到颐和园，只是在远处向西眺望，很少走到西堤，这是游颐和园的遗憾。阳春三月，徜徉于西堤，春风扑面，柳绿桃红，鸳鸯戏水。夏日里，在桥亭中坐下乘凉，清爽怡人。环顾四周，艳丽的荷花香远益清，雪白的芦花随风摇曳，人们荡着小船不时飞出欢歌笑语，轻松惬意。秋天到了，落霞满天，鸟归夕阳，金桂飘香，雨燕俊逸地在粼粼如縠纹的湖面横掠着。冬日里金光洒满长堤，桥亭生辉，"即使茎衰花枯叶，残荷啜露也含香"，湖中残荷也有别样的意境。

我喜欢雪，逢雪天我总到颐和园。小寒时节，北京迎来2020 年第一场雪。我走在西堤，寒风凛冽，雪花像扯破的棉絮随风飞舞，没有目的地四处飘落，岸柳楼台，桥亭长堤，均被一层层雪覆盖着。人们从四面八方赶来赴一场雪的视觉盛宴。结冰的湖面雾气弥漫，眼前的景明楼，远处的佛香阁、文昌阁如琼楼玉宇，银装素裹，忽隐忽现。"太美了""人间仙境"，人们顾而乐之，纷纷举起相机、手机，留住惊艳的瞬间。童心未泯的大人和孩子们追逐嬉闹，打雪仗，堆雪人，在雪地上画画写字，享受着大自然的恩赐。一位小朋友在雪地上写道："我今天不上学啦！"还在旁边画了个笑脸，然后欢快地蹦了起来，像个在笼子里关久了的小鸟，放飞后释放着天性。

我走到镜桥，望着漫天的被寒风不停搅动着的飞雪，看看对岸雪雾中充满神秘感的乐寿堂和玉澜堂，不知怎的陡发思古之幽情，穿越时空，好像慈禧老佛爷和光绪皇帝还居住此地。便想起了《梁父吟》：

> 一夜北风寒，万里彤云厚。
> 长空雪乱飘，改尽江山旧。
> 仰面观太虚，疑是玉龙斗。
> 纷纷鳞甲飞，顷刻遍宇宙。

骑驴过小桥，独叹梅花瘦。

专横的"老佛爷"，可怜的光绪帝。历史无法改写！

今年春节过后，北京新冠肺炎疫情有所好转，憋闷已久的我鼓足勇气要到颐和园去转转，换换空气，舒展舒展筋骨。进南如意门，扫"北京健康宝"，进园后放眼望去使人惊讶：游人寥若晨星，静谧阒然让人生畏。我踽踽独行于长长西堤，空静得只有西北风刮得树梢发出的"嗡儿嗡儿"有些悲凉的声音。麻雀、喜鹊、乌鸦、鸽子从容地、无所顾忌地蹦跳、觅食。我慢慢地走着，偶尔遇一游人，也只是相互瞄上一眼，赶紧把口罩拉得更严实些，绕成最大弧线匆忙走过，害怕得好像多看一眼就能染上新冠一样。

我驻足景明楼前，凝视着屋檐上的脊兽，觉得它也不像往常有精神，好像也有些无奈和不解，仰头问着上天："这是为什么呀？疫情肆虐，给人类带来这么大的灾难，是对人类的惩戒吗？"上天不语，让人类自查自纠，自我反省。

空静有空静的好处，我便找路边石凳抱膝而坐，阖目想象往日西堤游人擦肩接踵、熙熙攘攘的场面。皮鞋、运动鞋、布鞋、凉鞋等，把砖石铺就的路都磨出了坑。今天为什么却销声匿迹了？说明现在的人们比任何时候都更深刻地认识到生命的可贵，比任何时候都更深刻地认识到不尊重自然和生命是会受到上天惩戒的。我在想，总有一种力量监管着"万物之灵"，谁也不能为所欲为，只有"天人合一"了，地球才能正常运转，万物才能相安无事。其实，这也是人类社会的一种进步。

玉澜堂与宜芸馆

玉澜堂在仁寿殿西南、文昌阁北侧，临昆明湖而建，是一座四合院式的建筑。正殿玉澜堂坐北朝南，东配殿霞芬室，西配殿藕香榭。东殿可到仁寿殿，西殿可到湖畔码头，正殿后门直对宜芸馆。光绪二十四年（1898年），慈禧发动宫廷政变后，把主张变法的光绪皇帝囚禁于玉澜堂。后檐及两配殿均砌砖墙与外界隔绝，生怕光绪皇帝从旁门走出或他人走进。在门前左右各有一块大石头，称为"母子石"。据说戊戌变法后，慈禧太后命人将原在香山的这两块"母子石"移来放在这里，示意光绪皇帝，顽石尚有母子之情，而你却忘恩负义，不及顽石。

玉澜堂后面的宜芸馆，也是一个四合院，居住在这里的是大清王朝最后一个皇后——隆裕皇后。隆裕皇后是慈禧的弟弟桂祥的女儿，是慈禧钦定为皇后的。据说这位皇后很丑，脸有麻子且还长，"她从眼角流下的泪，经过一年才能流到嘴角"。光绪帝非常不喜欢她，与她只是名义上的夫妻，大婚之后没碰过她一根手指。光绪帝把通往她寝宫的后门都关了，一生都不想见她。但就是这位既不得皇帝的宠，又不得姑母待见的皇后，却用她的手写下了浓重的一笔。

辛亥革命后，隆裕皇后被推上历史舞台，面对各方压力她束手无策，只有退位一途。1912年2月12日，她代表清王朝签发最后一道上谕——退位诏书，从此，清王朝二百六十八年的统治宣告结束。

玉澜堂和宜芸馆是颐和园中重要的历史遗迹，充满着神秘色彩。每天游人很多。现在院内的房屋都被锁了起来，只能通过窗户看看里面的陈设。每个带旅游团的导游，到此处都讲得绘声绘色，游客听得津津有味。我有几次混到团里去"偷听"趣闻逸事：什么"慈禧为什么钦指隆裕为皇后""光绪帝的死因""慈禧的风流韵事""袁世凯想纳隆裕太后为妾"等等。

想想当年光绪帝还是很难的。光绪十五年虽名义上归政于光绪帝，实际上大权仍掌握在慈禧太后手中。中日甲午战争，光绪帝极力主战，反对妥协，但终因朝廷腐败，以清朝战败告终。痛定思痛，他极力支持维新派变法以图强，却受到以慈禧太后为首的保守派的反对。光绪帝打算依靠袁世凯牵制住以慈禧太后为首的这一股势力，但反被袁世凯出卖。整个维新仅一百零三天，故称"百日维新"。政变后大权再次落入慈禧太后手中，对外宣称光绪帝罹病不能理事，将他幽禁，成为无枷之囚至死。可怜生在帝王家。光绪帝在慈禧死前一日晏驾，时间过于巧合，外界对其死因历来有诸多揣测，成了历史之谜。

一百多年来，玉澜堂、宜芸馆饱经风雨，历尽沧桑。目睹了光绪帝被幽禁十年的悲凉人生，遭受了英法联军、八国联军焚烧破坏的屈辱，见证了晚清王朝的腐败无能与消亡。如今的玉澜堂、宜芸馆早已换了人间，院中的海棠、玉兰、梧桐树绿郁葱翠，每棵树都炫耀着自己的繁荣茂盛，每一朵花都绽放着自己的绚丽芬芳。门前的古柏、古槐参天挺拔，昆明湖水的粼粼波光映照在它们身上，就像一位精神矍铄的百岁老人向川流不息的游人诉说着人生感悟：闭关锁国必然导致落后，落后就会挨打，就会受人欺凌；官吏腐败无能、贫富悬殊过大是亡国的根源；为君为臣为仆骄横跋扈、独断专权、欺世盗名、仗势欺人者必将身败名裂。散文家梁实秋说过："清朝的慈禧太后，活着的时候营造颐和园，造孽还不够，陵寝也造得紧固异常，然而曾几何时禁不住孙殿英的火药炮轰，落得尸骨狼藉。或曰：'这怪不得风水，这是气数已尽。'"窃国大盗袁世凯仅仅当了八十三天皇帝，就在国骂声中被迫退位，不久便抑郁而终。大太监李莲英惨死后身首异处，"文革"中坟墓被挖开，头颅被扔进了粪坑。如此结局，甚是悲惨！

谐　趣　园

有一乡下朋友电话里跟我讲，早些年他携妻游颐和园，记得园中有一楹联，其上、下联分别嵌有他与妻子名字中的一个字。当时甚是兴奋，认为是天作之合，遂拍照留念。时间久了，胶卷底片也不知道哪里去了，怎么也想不起这楹联的内容和去处，快二十年了一直惦念此事。他得知我到颐和园多些，便让我留心找找，我爽快地答应下来。我先在网上查找得知，此联为乾隆皇帝所题，位于颐和园谐趣园的饮绿亭：

云移溪树侵书幌，
风送岩泉润墨池。

这副楹联不仅含着他夫妻俩的名字中的一个字，而且构思非常巧妙：溪边树梢上一抹彩云飘逸而来，好像触及书房的帷帘；山泉随风流至，仿佛润湿了屋中的砚台。"书幌"，指书斋中的帷幔窗帘。"墨池"，洗笔的水池，借指砚台。联语赋予云、风以生命和动感，并与表示清幽、宁静的书幌、墨池融为一体，动中有静，清静中又透着闹意。"移""送""侵""润"四字，恰到好处地写出了雅逸的意境，使景物充溢着活力。看到资料后，我产生了浓厚兴趣。网上得来终觉浅，绝知此事要躬行。我又一次来到颐和园，直奔谐趣园。

谐趣园在万寿山东侧，大门是朝西开的。走进大门便是一池荷花，亭亭玉立，鸟语花香。抬望眼迎面便是饮绿亭，这就是我的朋友要找的楹联和他们合影留念之处。我立刻拿出手机拍照给朋友发了过去，朋友很快回信说："就是这楹联，就是这地方！太感谢你为我了却了一桩心事。"我看到微信便有一种圆满完成任务后的喜悦。但没过多一会儿，喜悦消失，顿生惭愧之情，自我检讨起来：来公园多是走马观花，不求甚解，有些事自己好像知道了，如经别人一问便答不上来，这是一个非常不好的现象，是学习的大敌。

这次接受以往教训，要更多了解谐趣园。传说，当年乾隆皇帝到江南逛了一圈儿回到北京，就下了一道圣旨：在万寿山下仿照无锡惠山的寄畅园，造一座园中之园。没几天，就集中了成千上万的能工巧匠，挖湖堆山，建殿修堂，种上北方松柏，移来南方翠竹，湖边是五彩画廊，殿前是白玉雕栏……仅数亩之地，建有亭台堂榭、游廊小桥。园子造好后，果然是风景如画，玲珑可爱。园子修得这么好，可把乾隆给乐坏啦。他经常在园子里赏景喝酒，大宴群臣。有一天酒喝多了，随口诌出一首打油诗：人说苏杭赛天堂，我说此园胜苏杭。乐在此园当园主，哪个稀罕做皇上。

谐趣园原名惠山园。乾隆曾写《惠山园八景诗》，在诗序中说："一亭一径足谐奇趣。"嘉庆时重修改名"谐趣园"。"以物外之静趣，谐寸田之中和，故名谐趣，乃寄畅之意也。"趣，是园的主题。

诗词是中国文化的瑰宝，楹联是诗词中的精句，更是妙趣横生，寓意深长，耐人寻味。谐趣园十三处有楹联，多是乾隆题写，更增添了游人兴致。园内楹联可分三类：一类是对景物的描写。如澄爽斋的楹联："芝砌春光，兰池夏气；菊含秋馥，桂映冬荣。"意思是在澄爽斋可以观赏到四季的美景，春天有绿柳，有兰草"草色入帘青"的野趣，夏天可观荷闻香，秋天赏菊，冬天看葱翠的松竹。一类是再现虚幻的仙境，展现园林中神仙般的超然物外及身在俗中、心在俗外的心境。如曙新楼楹联："万年藤绕宜春花，百福香生避暑宫。""瑶阶昼永铜龙暖，金锁风清宝麝香。"楹联来自两个皇帝，一是乾隆，一是光绪，稀世难得。还有一类是对太平盛世、万众归一的期盼。如湛清轩楹联："万笏晴山朝北极，九华仙乐奏南薰。"运用象征性手法，表达了封建帝王祈求华夏一统、四海升平的愿望。等等。每到园里来，楹联前总是驻足着一个人、一家人、一群人，或是默读默想，或是放声朗读，或是交流讨论，兴趣盎然。读之阖目细品，恰似身临其境，优雅、怡然、飘然、顿悟，在意念之中激发物外之境、景外之情，情景交融。

桥趣。园内东南角有一石桥，桥头石坊上有乾隆题写的"知鱼桥"三字额，引用了战国时期庄子和惠子在"秋水濠上"的一次有关是否知鱼之乐的富有哲理的辩论的典故。庄子说："鲦鱼在河水中游得多么悠闲自得，这是鱼的快乐。"惠子说："你不是鱼，怎么知道鱼是快乐的呢?"庄子道："你不是我，怎么知道我不知道鱼的快乐?"惠子道："我不是你，所以不了解你;你也不是鱼，本来也不了解鱼。"庄子又道："请你从最初的话题说起。你说：'你怎么知道鱼儿的快乐?'你这么问，说明你已经承认我知道鱼的快乐，所以才会问我怎么知道的。我是在濠水岸边，知道鱼是快乐的。"庄子和惠子这两位智者讨论的问题，激发了后世读者无穷无尽的思考，不同的人从中领悟到不同的意蕴和内涵。不要以己之心度人之腹，不要凭着自己的感受就随意揣测别人的感受，人心难测，重要的是做好自己，要学会用欣赏的眼光看待一切，不要过于计较。

声趣。园内有一丛绿竹，竹荫深处，有山泉分成数股注入荷池。这道山泉的水源，来自昆明湖后湖东端，谐趣园取如此低洼的地势，主要就是为了形成这道山泉，使谐趣园的水面与后湖的水面形成一两米的落差。而在一两米的落差中，又运用山石的堆叠，分成几个层次，使川流不息的水声高低扬抑，犹如琴韵，难怪横卧在泉边的一块巨石上，镌有"玉琴峡"三字。有此一景，使这座园中之园有声有色。

神趣。在一个月白风清的晚上，两位仙人骑着丹顶鹤，从蓬莱岛到谐趣园赏景，不料被看园子的老太监听到了响动，心想：深更半夜的，莫不是有贼进来了? 赶紧轻手轻脚地穿好衣服，提了棍子从屋里走出来，见两个白胡子老头儿正在园子里遛弯儿呢。老太监刚要大喊，就听见一个老头儿说："仙兄，我以为咱蓬莱的景色无与伦比，今天才知道，这人间的谐趣园并不比蓬莱差。"老太监一听，知道不是凡人，哪里还敢叫喊，连忙藏在一块太湖石后边。这时候，另一个老头儿说话了："仙弟说得极是，如此胜境，令人大饱眼福。不过，这园子由愚兄看来，还有美中不足之处。这湖里还应该加点儿什么，像现在这样，就显得有点儿空旷。"说完，把手里的龙头拐棍儿朝天上一扔，霎时祥光四射，云气蒸腾，那拐棍儿化作一条白龙，在谐趣园上空飞了几圈后，就一头扎进湖里，龙身子变成了一座汉白玉的石桥，龙头变成了桥头的石牌坊。

老太监看到这儿，惊得目瞪口呆。湖上多了这座桥，就像画龙点睛一样，谐趣园显得更美了。这工夫，藏在太湖石后边的那位老太监忍不住了，就咳嗽了一声。两个仙人受了惊，各自跳上一朵盛开的荷花，化作两朵祥云飞走了。

天亮后，乾隆来到谐趣园，一进门儿就愣住了，怎么湖上多了这么一座漂亮的石桥哇？老太监忙把夜里发生的事儿，一五一十说了一遍。乾隆这才恍然大悟，原来是谐趣园的美景感动了神仙。他走到桥上，提笔在石牌坊上写了"知鱼桥"三个字。那两只仙鹤没被仙人带走，就留在谐趣园的紫竹林里了，日子长了，就变成了两只铜仙鹤。后来慈禧听到了这个故事，觉得这是吉祥之物，就把两只铜仙鹤弄到了她居住的乐寿堂门前，现在还在乐寿堂前摆着呢。

只要我们稍加注意就不难发现，每个地方都有它令人流连忘返的风景，每个季节都有属于它的精彩。一副楹联，也许会让人悟透人生哲理；一池绿荷，也许会让人陶冶"出淤泥而不染，濯清涟而不妖"的情操；一则神话，也许会开启人的心智。陶然于山水间，抚摸文字深处的独白，心灵可以走出喧嚣的市廛，到幽静的景致里去，能引出无限的美感与诗意。

2021 年 7 月 7 日

芙 蓉 花

我认识芙蓉花是二十年前的事。

我从小生长在北方的农村,上世纪六七十年代花草树木较少,从没有见过也没有听说过芙蓉花。只是到北京工作后,一个偶然的机会,在公园里遇到了芙蓉花。

一个秋日的下午,阳光煦煦,花儿朵朵,我什么也说不出,只愿站着,看着,伫在那里,与一朵花对视。公园园丁猜到了我的心思,便主动上前告诉我:"这是芙蓉花。"啊,好美的芙蓉花!花朵粉红,娇若浴后美女;鲜艳绚丽,恰似菡萏展瓣。花朵在风中轻微起伏、颤动,飘来沁人心脾的芬芳,令人陶醉。这场景激起了我的梦意而沉浸其中。遇上了就是缘分。我心中渐渐充满挚情,慢慢地欣赏品味这美丽的芙蓉花。

公园园丁是个热心人,看得出他对芙蓉花也特别喜欢,非常热情地向我介绍道:芙蓉花色彩丰富,引人注目。早晨花开时为白色或浅红色,中午至下午为深红色。人们把芙蓉的这种颜色变化叫"三醉芙蓉""弄色芙蓉"。有些芙蓉花的花瓣一半为银白色,一半为粉红色或紫色,人们把这种芙蓉花叫作

"鸳鸯芙蓉"。其花晚秋始开，霜侵露凌却丰姿艳丽，占尽深秋风情，因而又名"拒霜花"。"千林扫作一番黄，只有芙蓉独自芳""含思秋脉脉，娟娟如静女"，是对她品格的赞美。园丁的介绍让我更多了解了独具魅力的芙蓉花。

我发现画家作画经常出现雏菊和芙蓉的倩影，为什么别具匠心地选用了这两种花呢？在秋天里其他花都渐渐随风飘落，唯有雏菊和芙蓉楚楚动人。菊花傲霜，但芙蓉开在其后，她在霜寒中坦然地、毫不矫情地展示着美丽，如同一个盛装的古典女子，在秋风中袅袅娜娜地走来。她向你微笑，向你传情，向你诉说……画家们能不为之动情吗？就连曹雪芹也把他心目中最完美的女性林黛玉同芙蓉联系起来，林黛玉被视作芙蓉的化身，借众人之口说"除了她，别人不配做芙蓉"。

我想起浪漫诗人徐志摩，他穷尽一生去追寻一个女子，他把她喻为芙蓉花。已是一个两岁孩子父亲的徐志摩，遇到了十六岁的才女林徽因，浪漫诗人单恋上了她，为她写下无数动人心弦的情诗，赞美她几乎标志一个时代的颜色，出众的才，倾城的貌，如清水出芙蓉，简直是美了一个时代。《偶然》是他因她而燃烧着的爱情之火的喷发。因为爱，他一意孤行，或许世界上最远的距离，不是生与死，而是你爱上一个人，她却站在了别人的身边。他惆怅着用尽一生的力气，换来了半生的回忆。美丽的芙蓉花，让多少人为你生出莫名其妙的遗憾和不可名状的伤悲，寄托了多少人对你抒之不尽的情怀。

二十年光阴荏苒，我对芙蓉花有着一年四季的相思与缱绻，不管在哪里，不论春夏与秋冬。冬季里，温室中，阳光泼洒在枝叶上，青色的叶儿衬着粉红的花，娇嫩欲滴，自有风姿和妙趣。春季里，芙蓉梢头嫩绿，就像青春靓丽的少女穿着绿色裙子在春风中舞动。直到有一天，一个羞怯的绿芽探出头来，让人体味一种纯粹情感的悸动。夏日里，一阵轻风拂过，她便婆娑飘逸，她的簇簇绿叶闪闪发亮，她的叶片是那样的富有弹性和光泽。枝头上挤满了花蕾，在孕育花朵。看得出她"渴望爱"的心灵。为了赶赴一个秋天的约定，她听霜踏雪赏梅，泛绿发芽含苞，只为秋天含笑盛开。当她露出紫红色火团的时候，发出浪涛般神秘的芳香与光彩，这是她适时从黑土地里尽情吸取养分之后，表露出的爱。纳兰性德有词曰："相逢不语，一朵芙蓉著秋雨。小晕红潮，斜溜鬟心只凤翘。"秋来，点点雨滴轻轻落在芙蓉花上，使她更有"天然去雕饰"的感觉，也让你心花绽放。

美丽的芙蓉花啊！你盛开在芙蓉树上，感受着树的生生不息，花树相伴相依不能分离，彼此有着情深意笃的心境，将幸福泉水汩汩流淌在心里。

2019 年 7 月 11 日

在春的季节里

2020 年的春季，没有春天，但也有春天。

今年的春节，比往年来得早些，是 1 月 25 日。进了腊月，离家在外的人们有的已回到家，有的在路上，有的准备启程。在本该阖家团聚的春节假期，新冠疫情突然来袭，彻底扰乱了人们的一切。

武汉疫情暴发初期，专家说"不会人传人"，大家对疫情不以为然。后经多位权威专家研判得出结论：新型冠状病毒"人传人"。相互接触、打喷嚏、咳嗽、说话产生的飞沫、气溶胶，都可导致感染。以发热、乏力、干咳为主要表现。少数患者伴有鼻塞、流涕、腹泻等症状。严重者快速发展为急性呼吸窘迫综合征、脓毒症休克、难以纠正的代谢性酸中毒、出凝血功能障碍，以致死亡。因是新型病毒，目前没有特效药物治疗。人们恐慌了。

1 月 20 日下午，国务院和国家卫生健康委员会召开全国电视电话会，布置全国新冠肺炎联防联控工作。从这天起，全国警报就拉响了！

党中央、国务院做出决策：23 日上午 10 点，武汉封城！中央电视台每天播报各地的疫情。人们看到确诊病例和死亡人数逐日增多，精神更为紧张了，好像周围的一切都是传染源，空气中到处弥漫着病毒，不知如何躲闪。街上车辆骤然减少，公园、店铺、影院、宾馆、饭店等公共场所都已关门。整个城市前所未有地寂静。路上稀少的行人把自己包裹得严严实实，只露出一双眼睛，行色匆匆，表情凝重，去抢购他认为以后会十分紧缺的口罩、粮油和生活必需品等。

春节期间的北京，路上行人少了，但还重度雾霾。新冠疫情像这天气一样，不知什么原因来得这么突然，而且迅速蔓延全国，严重危及人的生命，真让人理解不了。阴冷的空气中，浓浓的雾霾和谈"疫"色变的阴影重重地笼罩着大地和人们的心。

疫情阻断回家路，枯眼遥望山隔水。原本打算回家的人们不敢回。从农村老家得到消息：各村村口的路都用挖掘机挖出一条深深的壕沟，或用推土机堆起高高的土堆。有一朋友，妻子带着儿子早回家几天，本已说好，他放假后再回去，万万没想到，想回去的回不去，想回来的也回不来。本是个团圆的家，结果成了两地分居。忧愁和无奈的春节。

今年过了一个标准的鼠年。人们像老鼠一样都钻进洞里，趴在窝里，竖着两只耳朵，鼓着两只眼睛，静静地观察着外面的动静。谁也不敢到处晃悠了，因为外面来了一只怪异的、凶猛的大猫！

小区大门也封了，日夜有人值守，外出购物定时定人。进门测体温，查出入证。从京外来必隔离十四天方可进入小区。

"讲政治守规矩决不出城，信政府遵医嘱定不串门，在家养膘"，成了多数人遵循的守则。两三个月没出家门已是常态，起居和生活习惯都变了，人们憋闷烦躁，满脑子就是疫情！疫情！疫情！除了对体温敏感外，对窗外的春天已没有了概念，人已感受不到往年的春的气息、春的萌动。

春天本是动人的。芳草鲜美，春花绚烂，人们特别是青年男女红红绿绿，浓妆艳抹，三三五五踏青陌上、寻芳水滨或走在街头，舞动着青春与活力，让人赏心悦目，是春天里的一道动人风景。今春则不然，少了色彩，少了笑脸，少了动人的韵味。一身内衣穿了一个春季，素面朝天，宅居在家，甚至几天脸不洗、头不梳。难怪有人风趣地说："最亏的是今年买了漂亮春装的人，就不给你展示的机会；最滞销的是女士化妆品，你涂上颜色给谁看呢？"

物候暗转草木知。从惊蛰到谷雨三十多天里，迎春、玉兰、樱花、碧桃、海棠、连翘、丁香、梨花、芍药、牡丹、郁金香等花树果木孕育着饱满鼓胀的花蕾，全都争先恐后拼尽全力竞相绽放。那情形，既姹紫嫣红热烈奔放，又有秉烛夜游的况味。花再香再美，足也不能出户。此时，人心惶惶，哪有赏花的心境？如同没有这花，没有这春。我国古代著名哲学家王阳明说，山涧开着一树灿烂的桃花，因为我们看见并欣赏了，它便有了存在的意义，不然，也可以说它压根儿是不存在的，就是这个道理。

面对严峻的疫情，春季里，有些人却不顾一切地冲出家门去打工。在他们看来，生死面前，其他都是小事，只有一件事跟生死同等重要：挣钱。快递员、街头商贩、小吃摊点、搬运工、出租车司机、送餐工、临时工等，他们一天也没有停歇，他们不是不知命的重要，只因一个"穷"字而不得已。只要能挣到钱，不管疫情，不知四季，更不知春。国务院总理李克强讲过一个故事：我遇到一个跟我岁数差不多的农民工，不顾疫情坚决外出打工。我问他：为什么在这么个情况下坚决要外出打工呢？他含着泪说：我不去挣钱，两个孩子春季的学费就交不上了。生活在困境中的人们，这春的季节，更使他们多了几分春愁和春怨。

但是，我们还是有春天的！是春天里的动人的温暖，是洒向人间的春光！

三月的一天，我走在长安街，路过中南海。红墙外，一朵朵玉兰花正在绽放，迎着阳光，映着红墙，是一道美丽的风景。玉兰花有一种勇往直前的孤寒气，洁白的花萼，圣洁的心灵，风韵独特，清香远溢，每一个花瓣都绽放着微微的笑容。她是爱和春的使者。疫情突发，全国各地多支医疗队超过四万二千名医护人员"逆行"向前，驰援武汉，这身穿白色防护服的医护人员不正是这盛开在春天里的玉兰花吗？

疫情肆虐，情况紧急，要建医院增床位，一声令下，建设者们大年初二从四面八方赶往武汉。这里没有春节的色彩，没有亲人的陪伴，但他们深知这是特殊的任务，一分一秒关系人的生命，一石一瓦连着家的幸福。为了能早日让患者得到好的救助条件，驱逐疫魔，建设者们怀揣着对武汉人民春天般的温暖和情谊，风餐露宿，昼夜奋战，十天建成三座医院。

这就是奇迹，这就是中国人的力量！这是在春的季节里爱的拼搏和奉献！

春暖花开，岁月静好，都是因为有国家在背后负重前行。

社区工作者在春天里坚守着，是人民的守护神。安保团队和物业人员进行着体温测量和信息登记。在公共区域，随处能闻到 84 消毒水的味道。楼道和电梯内贴有防疫宣传资料，全面防护，不留死角。与此同时，隔离病毒但不隔离爱。社区干部为没有"余粮"的住户免费配送蔬果、粮油，为隔离人员家属送上荤素搭配的饭菜。

小区还采取包楼包户的办法，帮居民代购，缴纳燃气费、水电费，细化疫情防控工作。所有公职人员尽心尽责，就像家人一样，默默坚守、付出，照顾着每一个有需要的人。他们在自己平凡的岗位，汇聚成一股股中国力量。

4 月 8 日零时起，武汉市解除离汉离鄂通道管控措施，武汉封控七十六天后转向"重启"，对全国疫情防控大局具有标志性意义。

人们不但领略了在春的季节里春寒料峭、萱草带愁的冷意和伤感，更深深感到了春意浓浓、光照人间的温暖和幸福……

2020 年 4 月 19 日

浅谈南海子文化

"十三五"时期，大兴区将文化发展定位为京南文化传承展示区，接续首邑文脉，在继承皇家苑囿文化、永定河文化优秀成果基础上，凝练科技创新中心、国际新航城的文化元素，使大兴成为古都风貌鲜明、现代气息浓厚的文化新区。南海子文化是首邑文脉的主流，皇家苑囿文化是南海子文化的重要组成部分。南海子文化是经过千百年洗礼和积淀而形成的，有着厚重的文化底蕴，它培育了本地域人们共同的情感和价值、共同的精神和理想。积极探讨南海子文化内涵，对于接续首邑文脉，打造南海子文化品牌有着重要意义。

南海子文化是皇家文化。北京作为一个拥有三千多年建城史和八百五十多年建都史的古老城市，曾先后历经了辽之陪都、金之上都、元之大都，直至明、清之首都，历五朝都城。岁月的沧桑更为这块土地增添了深厚的历史与文化积淀，造就了北京城所特有的文化内涵。南海子皇家苑囿建于明永乐十二年（1414年），经过明清两朝建设，规模和规制都具皇家气派。明清两代在南海子共建有皇家庙宇二十二座，行宫四座。

团河行宫是最宏伟的一座，也是皇家驻跸文化的代表。南海子最早是明清皇家苑囿。"苑囿"是指划定一定范围的（如墙垣等），具有生产、游赏等功能的皇家专属领地，先秦时多称"囿"，汉时多称"苑"。明代的南海子已经成为京城一座著名的皇家苑囿，其景观"南囿秋风"被誉为"燕京十景"之一，与北京西北郊的"三山五园"遥相辉映，具有丰富的皇家文化底蕴。

南海子文化是融合发展文化。如今，大兴融合发展步伐加快，更处在京津冀协同发展的前沿。从历史角度看，大兴一直以来有着"融合发展"的基因。清乾隆四十四年（1779年），六世班禅率高僧随从两千余人，来京觐见乾隆皇帝，就驻于德寿寺。德寿寺，别名大招提寺，位于南海子旧衙门行宫东侧，它与承德避暑山庄的须弥福寿庙、香山的昭庙及西黄寺等一同被定为接待六世班禅的驻锡场所。六世班禅觐见乾隆皇帝这一重大历史事件对促进汉、藏、满等民族文化深度融合发挥了巨大作用。文化的融合还体现在移民上。根据明朝官方文献《永乐实录》记载，朱棣效仿秦始皇迁六国富商的举措，首先从南直隶、苏州等十八郡和浙江等地挑选三千殷实大户迁往河北。永乐二年（1404年）再次"迁大姓实畿辅"。据记载，明朝时期从山西、山东、浙江、湖南等地组织移民到河北多达十五批次。这些移民中有一部分来南海子充当海户，从事南海子内的劳役生产。从十九世纪末到民国后期，南海子由帝王猎苑变成了地方庄园，南海子一带逐渐形成大小自然村八十余个。1956年春，因国家征用土地，昌平县将水台、鳌峪、水峪、汪家沟等村四百余户村民搬迁到南海子区域内，称光华农业生产合作

93

社，后称新建乡。总之，这些从不同时期、不同地域来到南海子里及南海子周边的百姓在这里长期从事生产生活，促进了文化交流和融合发展，也就形成了本地域特有的文化传统。

南海子文化是尚武安邦文化。勇士是民族的脊梁，是民族的刀锋，是民族命运的先驱者。南海子自辽太宗会同元年（938 年）被辟为"春捺钵"之地，以后辽、金、元、明、清五代各个时期，这里均是帝王行围狩猎的地方。又由于历朝历代都崇尚武安邦、文治国的基本方略，这里又成为国家演兵阅武的场所。由于南海子距京城很近，且郊原辽阔，一马平川，它既是进行围猎的好地方，也为举行校武提供了极佳的环境。顺治皇帝制定政策，南苑举行阅武"定三岁一举，著为令"。他曾在谕旨中写道："国家武备不可一日懈弛，旧例每岁必操练将士，习试火炮，尔部即传谕八旗都统等，预为整备，朕将亲阅焉。"康熙皇帝曾十二次在南苑（南海子）举行过阅武活动。雍正七年（1729 年），在西征准噶尔前夕，雍正皇帝为鼓舞军队作战士气，在南海子晾鹰台举行了一次规模盛大的阅武活动。阅武不论从规模建制、排兵布阵、攻防进退，无不体现着统治者对作战思想、军事文化的理解。阅武活动对于增强国民尚武安邦意识、提高防御外侵本领、促进社会稳定具有积极作用。

南海子文化是首都南部特有的文化脉络，几百年的积淀，使得大兴这片土地承载了更多的中华优秀传统文化。南海子内涵广泛而深厚，从历史角度看，南海子文化是北京皇家文化的缩影；从社会角度看，南海子文化是融合发展文化的代表；从精神角度看，南海子文化有尚武安邦文化的内涵。这些都使得

地处京津冀协同发展腹地的大兴，有着承继古今、面向世界的
独特文化理念。

2017 年 3 月 3 日

退　休

　　9月12日下午三点，区委组织部找我谈退休之事，同我谈话的是区委组织部申副部长。我俩是老熟人，她在组织部当办公室主任，我在宣传部当副部长，业务上经常有来往，又都在区政府办公楼七楼办公，低头不见抬头见，每次照面都微笑着打个招呼。今天，她代表区委组织部跟我说退休一事更显得热情。在她办公室，她很客气地沏茶让座之后说，按照规定提前一周同您谈话，正式通知您退休。当听到"正式通知您退休"这句话时，我心里不由得"咯噔"一下，面部表情也凝重了许多。虽然今天的谈话内容自己早已十分清楚，但清楚归清楚，组织找你谈归谈，那心理感受是不一样的。申副部长可能没有觉察到我的变化，她继续说，我查了你的档案，能看出你不论在部队还是到区里工作，都干得非常出色，从一个农村普通孩子能当上团政委，当上区委宣传部副部长非常不易。我爷爷奶奶也是当兵的，我从小在军营长大，对军人特别有感情，当兵是我梦寐以求的事，后来阴差阳错没当成……她在不停地说着，我表面上很客气地附和着，实际心思早已飞走了，没有

96

听这些话的兴趣了。

　　区政府办公楼到大兴报社大概有两公里的路程，我对这条路再熟悉不过了，到楼里来开会是平常事，不知往返了多少趟。以往每次从报社走出就想今天开会传达上级什么会议精神，部署什么工作任务。开完会回报社路上，就想着怎样理解会议精神，怎样抓好落实。今天是史无前例地全然没有了，对路上的人、车、风景毫无兴趣，都不愿多看上一眼。今天的路好像是一条时间轴，上学、从军、转业到地方直到退休，六十年人生历程标注在这轴上。每前进一步都饱含着酸甜苦辣，经历着荣辱得失。每当想起感慨万千，历久弥新，五味杂陈。几多伤感，几多惆怅，几多风雨，几多荣光。走在路上时而眼睛湿润，时而会心一笑，个中滋味只有自知。今天这条路显得特别短，觉得没走多长时间就到单位了，多像人生之路不经意间就该退休了一样。记得一位老同志在退休前说过一句话："都说世界是你们的，也是我们的，但归根结底还是你们的，但我还没觉得怎么着，世界就是你们的了。"我想这位老同志并不是怕年轻人上来，而是感觉时间过得太快了，没怎么着就到退休年龄了。正像一首俄罗斯小诗中写的：一天很短，短得来不及拥抱清晨，就已经手握黄昏！一年很短，短得来不及细品初春殷红窦绿，就要打点素裹秋霜！一生很短，短得来不及享用美好年华，就已经身处迟暮！想着想着就到办公室了，坐在办公桌前，在努力整理思绪、简单整理用品之后，拿起钥匙开车回家！

　　时间过得很快，一晃就过了二十多天的退休生活了。这段日子蛮忙的。同事、朋友们多次安排饭局、发微信短信或打电话，主题就是"退休"二字。不外乎说些"辛苦工作几十年了，该休息休息颐养天年了""退休多好啊，现在公务员多难干啊，领导见识广，点子多，干劲又大，整天忙得不得了，我恨不得现在就退休"之类的话。不管别人怎么说，但每当听到"你退休不用上班了"时真还有点不耳顺，有几分割舍不下。割舍不下的是同事？是工作？是所谓的权力？是，也不都是，它是一个混合体，自己也说不清楚。人都渴望活得精彩辉煌，活得不一般，活得有思想有观点，总觉得前方还有梦想。退休了职业生涯结束，社会参与度越来越低，影响力越来越小，存在感也越来越不足道，每当想到这些时便多了几分伤感。从本质上说，还是对人对事对物情未了、缘未断，多年工作的惯性还没结束，需要一段时间缓冲。

杨绛女士说过：我们曾如此渴望命运的波澜，到最后才发现，人生最曼妙的风景，竟是内心的淡定与从容……我们曾如此期盼外界的认可，到最后才知道，世界是自己的，与他人毫无关系。人到了一定的阶段，当灵魂升起来时，才能得到内心的淡定与从容，才知道这世界是自己的，确与别人没关系。人生之路哪条不是自己走出来的，喜怒哀乐好恶欲哪个不是自己的内心活动？你喜欢这个人，你愿意做这件事，那个人不一定留恋着你，那件事也不一定你做得最好，都是自己瞎操心。从前有三个和尚一起打坐，一个小和尚说："幡在动。"另一个小和尚说："你说得不对，是风在动。"最后老和尚说："是心在动。"幡动与不动，为什么动，都是自己内心的事，看你修行到了哪个境界，但幡是全然不知的。退休是自己的事，与别人无关，不要留恋工作期间的那人那事那物，减减压力静静心，慢慢生活悟悟理。有一首诗写得很好：

> 人生苦短日月长，
> 别有洞天看沧桑。
> 春去方觉春光短，
> 秋来尚喜秋花香。
> 自信人生六十始，
> 桑榆夕照意飞扬。

退休后，时间是自己的了，心思也是自己的了，可做些自己想做的事。看看外孙，接送他上学放学也是件开心的事，苦中有乐，既能锻炼了身体又增加些童趣。有时间静下心来可读些闲书，读书可安慰灵魂，书读多了能提高人的气质和修养，滋养人的精神，还能改变人的容颜。练太极一步一景，只要迈动脚步景色就来了，这景色要靠静心慢练，体会其中的微妙，感悟其中的玄机。练太极也像品茶一样，爱上了，慢慢品。练太极和不练太极的人，一天关系不大，一周关系不大，两个月关系很大，半年就有天壤之别了，据说十年之后就是一种人生和另一种人生之间不可企及的鸿沟。学摄影也是一件不错的事，有时自己背起相机到一个自己想去的地儿，按照自己对景物的理解去拍摄，片子不是给别人看，就是自己欣赏，也很惬意。有时约几个影友去拍摄，一天跋山涉水也不觉累，都在努力寻找着拍摄目标，个个都像年轻人一样充满激情和好奇。回来后一起评片，相互欣赏，各谈体会，偶有好片得到认可，还真有一种成就感，很幸福。摄影在自娱自乐，在观察社会、体验生活，是一种修行，于身心有益。闲暇时约几个老战友、同学、朋友喝几杯闲酒聊聊天，无拘无束，自然界的事，中国的事，世界的事，无话不谈，很轻松，没有了那些思想负担，心里很坦然。正像钱钟书先生所说："洗一个澡、看一朵美丽的花、吃一顿饭，假使你觉得快活，并非全因澡洗得干净，花开得好，或因食物符合你的胃口，主要是你身上没有挂碍，轻松的灵魂可以专注肉体的感觉，以此来欣赏，来审定。"

人已退休就到了随心所欲不逾矩的阶段，做一个真正的自己，活出一个本然来。拿走你的一些朋友，让你知道谁是你真正的朋友；拿走你的一些梦想，让你知道现实是什么。让灵魂升腾起来，找到自己的节奏和快乐。

2018 年 9 月

第二辑　留　白

　　浅秋，多么美好的季节！如同一幅水墨丹青，是经春夏两季勾勒出来的，虽至轻至浅，却至纯至美，简洁而富秋韵，富诗情，让人心生喜欢，总能轻而易举地触动心底最温暖最眷恋的感觉。

留　白

　　留白，是中国艺术作品中常用的一种手法，特别是在书画艺术创作中，为使作品构图协调精美而有意留下相应空白。艺术大师都是留白的大师。南宋冯远的《寒江独钓图》，一小舟，一渔翁，整个画中没有一丝水，但让人感到烟波浩渺，含蓄内敛，飘逸灵动，方显天地之宽，给人以无限遐想的空间，回味无穷的意境。正是因为留白，才使得国画有了无尽的张力，产生了一种朦胧丰盈之美。

　　留白，虽是一种艺术美学，但也能给人生以启迪。每个人都在不断地描绘着自己最新最美的蓝图，书写着自己的历史，与作画有异曲同工之处，也需要给自己留白。做人留白就有了缓冲的余地，有了可收可放的活动空间，就可以从容地调整进退，就能滋生出无穷无尽的留恋和回味，天开地阔，天高路远。如此一来，也就赢得了安然淡定的人生。

　　梁实秋说过："'君子之交淡如水'，因为淡而不腻，才能持久。'与朋友交，久而敬之。'敬也就是保持距离，也就是防止过分的亲昵。不过'狎而敬之'是很难的。要注意的是，友谊不可透支，总要保留几分。朋友本有通财之谊，但这是何等微妙的一件事，一牵涉到钱，恩怨便很难清算得清楚，多少成长中的友谊都被这阿堵物所戕害。"由此可见，友谊是需要留白的。人在心灵上也要留白。杨绛女士说过："我们曾如此渴望命运的波澜，到最后才发现：人生最曼妙的风景，竟是内心的淡定与从容。"在人生的旅途中，实在不需要把过多的人和事邀请至我们的生命中来，从而让自己的心灵变得喧嚣繁芜，拥挤不堪。应该是离开一些朋友，去掉一些杂事，给心灵留出更多空地，腾出更多时间静下心来感悟人生，感悟世事。让灵魂升腾起来审视自己，修正自己，使自己进入到第二个"看山是山看水是水"的阶段，随遇而安，从容优雅。

说话做事也需要留白。看过电视剧《甄嬛传》的人，对剧里华妃这个人物应该不陌生。要说华妃，这一生可真是风光无限，享尽了人间的荣华富贵。但她一生又太过于饱满，就好像一幅图画，本身挺好看，无可挑剔，但由于饱和度太高，给人的视觉造成太过强烈的刺激，让人产生眩晕、厌恶、压迫的感觉。其实说到底，还是因为华妃做人不懂得留白艺术，才导致了自己的人生彻底失败。话到七分，花看半开，酒饮微醉，此中大有佳境，才是不完而美的至高境界。即使自己有理时，得饶人处且饶人，这不仅给别人留个台阶，也给自己留下善念。话不能说得过满，更不要口无遮拦，这既是对己对人的尊重，也是对"道"的敬畏和对"理"的遵从。做事也是如此，曾国藩说过："有福不可享尽，有势不可使尽。"凡太尽，缘分必早尽。为人做事要低调谦逊，知道进退，切不可一朝有权有势就嚣张跋扈，颐指气使，目中无人，自绝后路。人活一世不能名利之心过重，一旦名利之心绑架了灵魂，就可能为一点蝇头小利与亲人朋友反目为仇。穷时坑朋友，富时忘恩人，到头来使自己变为无人理睬的孤家寡人。说话做事都不要太绝，要给自己留下一条人生的退路。做人懂得留白，才能有淡定平和、悠然自得的闲适心境，才能让我们生活得幸福美满。

2018 年 11 月

量水和泥

有谚语道:"有多少水就和多少泥。"我们都有和泥的经历,和泥时如果水多土少,就会"稀泥糊不上墙";土多水少泥就夹生,没有黏合作用,为垒墙建屋埋下隐患。流传已久的这句谚语告诉人们:办事要量力而行,"过"或"不及"是问题的两端。

我有一朋友赵某,四十来岁,来自偏僻的山区农村,家境贫寒,他为人善良爽朗,一米八五的个头,魁伟健壮,浑身有使不完的劲。多年来怀着强烈的致富梦想,一直寻找创业机会,想成就一番事业。煞费心思,寻寻觅觅,一个偶然机会,通过熟人介绍,在城乡接合部,国道旁边,较便宜地租到前后相邻的两排平房,看好是个开饭店的地方。他们夫妻俩齐心协力,把家中多年的积蓄拿出来,精打细算,经过一番设计,对两排平房进行改造装修。将两排房西头连接起来作为门脸。两根红色门柱托起青瓦探檐的门头,门头上悬挂着"聚仙饭店"黑底镏金字匾额。进门后看到将两排房房顶用有机玻璃铺搭,恰似阳光房,中间夹道用鹅卵石铺成,通往各餐厅,两侧摆放着绿植、花卉，夹道东头建有高山流水景观，汩汩泉水从山顶流下，之间的转运球不停地转着。各餐厅也不相同，有散客用的大厅，有八人桌、十二人桌单间，还有软包间，配有卡拉OK设备。虽是旧房改造，花钱不多，但装修得体，设施搭配恰当，让人感到温馨舒适。

开张后，门前车水马龙，客流不断，有时中餐和晚餐要翻两三次台。两人夫唱妇随地把饭店经营得红红火火。没用半年时间，前期投资全部赚了回来。此时的赵老板喜气洋洋，思想也开始活跃起来。脑海中想到焦急排队等待餐桌的食客，突然萌生扩大经营规模的念头，把平房拆除改建成二层楼的饭店，不是能赚更多的钱吗？随后，他找几个知己商量此事，大家都劝说，不要那样做，现在饭店规模、档次、饭菜特色较适合本地区消费者的消费理念和口味，也适合你们的经济状况。如拆旧建新最少要投资一百五十万，这钱从哪里来，你们有吗？他很自信地说："我没有钱，我高息跟朋友借款，一年后连本带息一起还。"大家摇头，他却昂着头挺着胸坚决要干。

这些天，赵老板忙得脚跟打着后脑勺。既要拆旧房，做新楼房设计方案，又要跑建材市场，还要到处借钱。多数朋友顾及面子也不好拒绝，就把钱借给他。但也有一些人委婉拒绝，私下对他人说："把钱借给他，钱没了，朋友也没了；不借钱给他，钱还在，朋友没了。"我赞叹，这社会真不乏精明远见之人。

经过半年紧张施工，二层楼的饭店竣工了。走进饭店大厅，宽敞气派，适合不同人数就餐的单间增加不少。老板又为自己在二楼设计了三十五平方米的办公室，宽大的老板桌，舒适的老板椅，豪华的真皮沙发，做工精美的银龙鱼缸，努力彰显着高雅富有。有细心者发现，老板初心是让饭店上档次上水平的，但也看得出资金不够、捉襟见肘、心有余而力不足的痕迹，很多地方的装潢和设施不搭配，看上去像一个人穿着一身新西服，可脚上却穿着一双破旧的布鞋那样不协调。

这次饭店开张后已没了昔日的风光，食客少，车马稀。

打折、返券、赠菜等也无济于事，天天几乎白干，收入甚微。老板十分着急，也很纳闷，一样的地、一样的菜、一样的人，为什么生意就不行了呢？世间有些事是非常怪的，有些现象一时很难说清楚，好像有一只无形的手在操纵着什么。

在焦虑、忙碌、无奈中一年快过去了，生意毫无起色，这怎么得了，再这样下去赚不到钱，欠的账还不上，怎么面对朋友呢？

有一日，他找一朋友诉说心中苦恼并寻求解决办法，朋友说："当前，北京市政府要实施拆迁腾退，疏解整治促提升工程，城里要有很多'北漂族'无房可住或租不起房，必然要到我们这城乡接合部来租房，这是个很好的商机。你可把饭店再加高一层，都改成宾馆出租，一定能赚钱，而且还省心。"赵老板觉得有道理，能借势发展，但又犹豫不决地说："投资是很多的，钱从哪里来？""工钱、料钱先欠着，等房屋出租后再还也行。"朋友的话他还真入心入脑了，经过几番的思想斗争，最终还按着朋友的建议干了起来。真像"有病乱投医"的人一样，把庸医的处方也当成了灵丹妙药。

他到处磕头作揖找施工队、进材料，又打了很多欠条。两个多月紧张施工，主体工程完成，赵老板缓缓地舒了一口气，总算又看到了希望。

有一天下午，赵老板接到电话，是镇政府工作人员打来的，说："你的房是违章建筑，不属建设用地，限一周内自行拆除，否则，政府来拆，没有任何补贴。拆除通知书稍后当面给你。"电话断了。这突如其来的信息，令赵老板如五雷轰顶，顿时汗流满面。"完了，一切都完了。"赵老板脸色苍白，言不由己地说着。

一周后的下午，天阴沉沉的，三四级的西北风夹带着小雪打到身上，让人感到冷飕飕的。政府的、公安的、城管的人员按时来到饭店门前；挖掘机、装载机、运输车都开到了现场。"作业开始!"随着一声令下，所有机械一齐上阵。机械一阵一阵的轰鸣，让老板大脑成了一片空白；一堵墙一堵墙的倒地，砸碎了老板未酬的梦想。他跪在地上，面向饭店号啕大哭起来……

雪不停地下着，拆违的活不停地干着。翌日，人们已不相信自己的眼睛，昨天还是三层的楼房，今早就变成一片白雪覆盖的空场，真个是白茫茫大地真干净。

楼房没了，生意没了，账还是存在的。越是这种情况要账的越多。电话每天打爆了似的，老板不停地说着："对不起，再宽限我一段时间，一定还，一定要还的。"话虽是这么说，但他心里明白再宽限也是没有钱的。朋友要账开始都是客客气气的，过一段就会生硬很多，再过一段就会翻脸、嘲讽、谩骂、恐吓，甚至有的扬言找要账公司来讨账。赵老板的自尊心受到了从未有过的创伤，满肚的苦楚不知向谁诉说，只得偷偷掉泪，恨不得上天入地。

赵老板的妻子是个贤惠、善解人意的人，对丈夫说："别太难过了，咱们把家里的住房卖掉还账！""啊？卖房？这是我们全家在北京唯一的住房，卖掉后住哪里去？"妻子说："到远郊去租房住！"

房卖了，还了多半人的账，他们一家人去了一个偏远的地方，一个熟人不知道的地方。打电话永远是关机状态。剩余债主还在非常气愤地不停地寻找着他的下落，说如找到定要暴打他一顿，方能解气。如果再找不到就起诉，把他定为"老赖"，进入黑名单。昔日的挚友，今天变成了仇人，也变换了辈分，一个成了"孙子"，一个成了"爷爷"。

几年过去了，这些昔日的好朋友，在他最困难的时候慷慨帮助过他的人，还在等待着他的还款……

创业是艰辛的，特别是草根创业者更多地品尝了世间的酸甜苦辣，不知流过多少心酸的泪。但最终为什么有成功者与失败者之分呢？我觉得做事要量力而行，有多少水和多少泥，有多大本事干多大事，做事不盲目很重要。你的财力、物力、能力，还有你的德行决定着你能发展到什么高度，这是有定数的。情况不清决心大，胸中无数想法多，是要吃亏的。你有一万块钱要干三万块钱甚至五万块钱的事，没有足够实力还想摆大摊子，外强中干，就像墙上芦苇，头重脚轻根底浅，稍有风吹雨打就会栽跟头，使得人财两空，命途多舛。靠借钱、赊账、拖欠工资是不行的。透支朋友的感情过日子，路会越走越窄的。树砍光了，斧头也就没有把了。

2020 年 3 月 3 日

110

宠 物 狗

我属狗，特别喜欢狗，但从来也没有养过狗。

与人类生存繁衍发展结伴而行的有很多种动物，最直接最密切的莫过于马、牛、羊、猪、狗、鸡了。这六畜虽然同为家畜，但用途却大不相同。马、牛主要承担脚力运输；羊、猪主要供人食用；鸡除了供人们食肉还提供鸡蛋。但与人最亲近的还是狗，它不嫌贫爱富，善通人性，善于狩猎、导盲、搜救、侦察、陪伴照顾主人、看家护院等等。狗因给人类带来诸多好处而受到喜爱，成为人最忠实的朋友。过去，纯粹把它当作家庭宠物来喂养的只是达官贵人和富家的游手好闲之辈，穷人是养不起宠物的。

我国群众性养宠物狗兴起于二十世纪八九十年代。穷人乍富，攀比之风甚盛，你养狗，我也养狗，你养一条，我养两条。你买金毛，我买拉布拉多，你有德国狼犬，我有爱尔兰牧羊犬；你给狗穿漂亮外衣，我带狗去美容院，你喂人吃剩下的肉或骨头，我专门买鸡腿或大棒骨让它吃；你把狗叫宝贝，我把它称为儿子等等。有位上门修空调的小伙子，进门后女主人非常热情地说道:"你躲开,赶紧让叔叔坐下喝口水。"小伙子立刻毛骨悚然,纳闷儿:这屋没有第三个人呀,"你"是谁呢?女主人似乎看出了小伙子的心思,忙指着懒卧在沙发上的狗解释:"啊,这狗是我家儿子。"小伙子摇头不知如何回答是好。生活在今天的狗真是幸福,不仅身价待遇提高了,还被当儿做女,人畜等观,竟然与人论资排辈起来。狗也赶上了好时代,走进了好家庭。

我朋友讲一事例:邻居是他的同事,同事有年迈多病的父母生活在乡下,已无劳动能力,生活窘迫,只靠政府每人每月六十多元养老补贴艰难度日。同事已几年没回家看望双亲,也很少给钱接济以示孝敬之心。但对他的狗却没少下功夫。一年四季,春夏秋冬,风雨无阻地毫无怨言地侍奉狗、遛狗,乐数晨夕。给狗买粮、买零食、洗澡、美容、看病等,每月要千元左右的开支,从不心痛,慷慨支付。是乌可哉!是乌可哉!

每当在马路、公园或其他公共场所,看到有人抱着或牵着精心打扮过的狗,不停地充满爱意地捋顺抚摸,不辞辛苦地用语言和肢体互动交流时,我就觉得这个人对自己的宠物真有情怀和爱心。我也在努力地想象他(她)对自己家人特别是对自己的老人和孩子也可能是这样的。果真如此,那他家的老人和孩子真是有福气了。

现在流行放狗,为什么叫"放狗",而不是"遛狗"?"遛"是牵着的,"放"是散放着一只两只甚至多只。走在小区里或街上,"狗仗人势",甚是威风,让人畏惧。小朋友们看到这庞然大物,更是吓得急忙躲到家长身后。狗的主人见状,忙说道:"不要怕,这狗不咬人。"狗不咬人,谁能说得准

112

呢？俗话说"兔子急了还咬人"，谁知道狗什么时候"起急"!？

有个邪乎事，某大学新闻传播学院副院长，在操场上散放身高八九十公分的藏獒，文学院一老教授说他不该不给狗拴绳，副院长二话不说就上去一拳，将老教授的眼睛内壁骨打裂，真是厉害！"人仗狗势"，身边有藏獒还怕什么？

事也凑巧，我正写这篇文章时，又发生一桩惨案。4月22日清早，重庆市奉节县一名二年级小学生在爷爷带着去上学时，因爷爷忘记带公交卡，爷爷让孩子慢慢走，自己回去取卡。没想到就这一会儿工夫，突然从一居民家中窜出三只大狗，扑咬孩子颈部，将其拖入树林，咬得血肉模糊。经法医鉴定为创伤性休克加合并气管离断死亡。

看到这则消息，让人心痛又愤怒。可以想象当时三只恶狗狰狞凶狠，孩子万分恐惧无助，事后家长一定是撕心裂肺，悲痛欲绝。资料显示，全国每年被狗咬的人数，超过两千万，多可怕的数字。"宠物"变成了"害物"！狗致人死伤事件屡屡发生，究其原因不在狗，狗就是狗，你再把它当作宠物养，它也是畜生。关键是养畜生的人！

狗，现在已经是强势群体。据统计，全国的狗数量达两亿只，平均每三个家庭就有一只狗，队伍庞大，狗数众多。狗一年粮肉的消费相当于某省人口的消费水平。前些日子网络上吵得很凶的"虐猫事件"，连中央电视台都惊动了，法制频道的《大家看法》采访了当事人，几个当事人因"虐猫踩踏"曝光，千夫所指，惶惶然不可终日。我举双手赞成爱护动物，同时我又想到现在有多少孩子还在受到虐待、欺凌，甚至被拐

113

卖，我们是不是更应该多关注他们呢？我们是"人类社会"，不是狗类或猫类什么的社会，应多关注人。

蒋子龙在《世相札记》中写道，若从对待动物的态度上看，社会的文明程度似乎在提高，可对待人的态度却越来越恶劣，对狗实行"人道"，拿人却不当人，人贱畜生贵。要知道人也是动物，即便你不拿人当高级动物，当一般动物也行呀。乡下的父母生活很艰难，自己的兄弟姐妹还没脱贫，身边的朋友急需帮助，你无动于衷，却动辄几万、几十万、上百万元买条狗。据报载，一条藏獒竟然炒到上千万元的天价。重视"狗道"，忽视"人道"，不是正道！

我家孩子劝我养只狗，我不养，也建议她也别养。她问为什么，我说，人，先做好人的事，再说狗的事。人的事还没做好，就去做狗的事，那叫本末倒置。白天上班忙忙碌碌，有时还要加班加点，下班后家里还有很多活等着你去做，搞卫生、洗衣服、做饭、上街购物、接送孩子、辅导孩子等等，哪里有时间侍奉狗、管理狗呢？与其侍奉不好、管不好，还不如干脆不养。再说，如果人的事都没做好，狗的事就更不会做好了，让狗整天蓬头垢面，狼狈不堪，满身寄生虫，到处掉狗毛，乱拉乱尿污染视觉嗅觉，甚至疏于管理而伤人害人，那怎么能行呢？因此我家从没有养过狗。此外，我还发现，有的人自己养狗只是欣赏不去喂养，把喂养之活交给父母，父母每天看管好孙子之后，还要加班加点去遛狗，耄耋之人跟随着狗，跑跑停停，停停跑跑，已不是人遛狗，而是狗遛人。一次同老友聊天谈起感受，他说甚是辛苦，苦不堪言。人的事还没有做好的时候，不养狗是对人对己的负责，也是对狗的负责。

作家张贤亮谈养狗说得透彻。电影《卡拉是条狗》里有句台词："只有在卡拉面前我才感觉是个人。"可谓经典。只有在你的狗的眼睛中，你才能看见出自肺腑的真诚、感恩和对你完全的依赖与信任，即使是品种最凶猛的狗，对你的目光都是亲切温柔的。如你的宠物是条如狼似虎的体形庞大的猛犬，你怎么呵斥它、教训它，它都不会还嘴，不会提出无理要求，不会发表它的看法，更不会强词夺理，总是乖乖地听你呼来喝去，哪怕你这个主人是在无理取闹，在瞎指挥。在这个世界上，还有什么东西使你能获得这么强烈的满足感、权威感，让你填补空虚无聊的内心世界吗？没有！只有在你的狗面前。我想，这大概是很多人喜欢养狗的一个原因吧。

2021 年 5 月 6 日

文字游戏

一老人，因抗议家里的房屋和菜棚面临拆除，不满政府强征强拆，而且补偿标准过低，最终跳楼身亡。经过当地政府的"鉴定"，官方称该老人为"自主性坠亡"。不得不佩服当地政府的危机公关能力，把"自杀"变为"自主性坠亡"，当然血腥味就少了很多。不得不说，"自主性坠亡"是对强征强拆的又一项"发明"和"贡献"。

其实，在日常生活中只要稍加留意，我们会发现"自主性坠亡"这样的句式如今已蔚为大观。在此之前曾出现"休假式治疗""戴套式强奸""幻想型自由""试探性自杀""合约式宰客""倒退性改革""挽救性枪毙""保护性销毁""礼节性受贿""政策性提价""钓鱼式执法""确认性选举""临时性员工""自愿性强奸""隐蔽性收入"等新鲜词语。这些颇具中国式创造性词语的出现，典型地反映了中国语言的又一个特色：可以为事故和问题化妆，冠恶行以美名。

我国语言之复杂神奇世人共知。过去官场上有刀笔书吏之人，老吏断案，一句话可置人于死地，也可使人无事回家。

"事出有因，查无实据"，与"查无实据，事出有因"，仅仅颠倒一下语序，结果却大相径庭：前者或许无罪释放，后者就难免要吃官司。武松"仇杀西门庆"和"痛杀西门庆"一字之差，就能使得武松从笔下超生。曾国藩的事迹更是告诉我们，讲屡战屡败，还是屡败屡战，"换个说法"后果也会大不一样。

很多词好像稍微改动一下，"意境"就大为不一样了。比如：用"下岗""待业"来取代"失业"；用"待富者"取代"穷人"；用"负增长"代替"下滑"。别说"罚款"，要说就说"执法"；别说"涨价"，要说就说"调价"；别说"停滞"，要说就说"零增长"；别说"跑官要官"，要说就说"要求进步"；别说"渎职"，要说就说"管理不到位"；别说"权力是上级给的"，要说就说"人民赋予"。更有意思的是，有位"公仆"进了那种有"特殊服务"的歌厅，被有眼不识泰山的"扫黄"执法人员鲁莽拘留了，为了有个交代得过去的说法，执法人员只好煞费苦心地称之为"去了不该去的地方，但没办不该办的事"。说法到了这个份上，也算到了一定境界了。

孔乙己曰："窃书不能算偷……窃书……读书人的事，能算偷吗?"孔乙己"额上的青筋条条绽出"，也要奋力争辩。"偷"太难听了，"窃"是文人用的字，显得文雅，不伤面子。孔迫于生存偷书，但仍然有强烈的自尊或者说虚荣。

一个国家的社会风气如何，官方怎样用语言交流传达信息非常重要，因为要引领社会。看一个人也是如此，看他是不是实话实说，搞不搞弯弯绕。假如有一生意人说："今年生意不好做，一年下来赔了十万块钱。"人们听了感到这人诚实靠谱，就可能表示理解和同情，方便时还可能帮他一把。假如生意人说："今年生意不好做，负增长了十万块钱。"人们听了就可能恶心，说他说话不靠谱，虚荣心太强，甚至可能说他神经病。

近读夏丏尊老先生的短文《幽默的叫卖声》，说的是有一个卖臭豆腐干的人，每天走街串巷挑着担子叫卖，担子的一头是油锅，油锅里现炸着臭豆腐干，气味臭得难闻。卖的人大叫"臭豆腐干!""臭豆腐干!"态度自若。我以为这很有意思。"说真方，卖假药""挂羊头，卖狗肉"，是世间一般的毛病，以"香"相号召的东西，实际往往是臭的。卖臭豆腐干的居然不欺骗大众，自叫"臭豆腐干"，把"臭"作为口号标语，实际的货色真是臭的。言行一致，名副其实，如此不欺骗人的事情，是世间最需要的。

"臭豆腐干!"这呼声在爱玩文字游戏的现世，俨然是一种愤世嫉俗的激越的讽刺!

语言是人类最重要的交际工具，人们借助语言保存和传承人类文明的成果。为了交流，语言词汇必须有普遍认可的特定含义，如果冠恶行以美名，文过饰非，就意味着同一词汇在不同人的心目中有不同的含义，人与人之间的交流变得困难。越来越习惯于以权压人，而不是以理服人和平等讨论，因人因事可以有不同的说法和不同的结果，没了对错标准，影响了公平正义。某影星偷税漏税 3.8 亿元，税务部门以"初犯"为由，免于起诉，把钱补缴了事。税务部门玩起了"初犯"和"初查"的文字游戏，把"初查"说成"初犯"，就使某影星免去了牢狱之灾，也为税务部门开脱了责任，真是一"字"两得，皆大欢喜。

好的社会能祛除黑暗，激发纯善，反之只能带来绝望和堕落。久之，真理被嘲笑为迂腐，良知被讥讽为无用，只有金钱才让人感觉安稳，衡量成功与否。

文字游戏是一种社会病态！

2019 年 12 月 19 日

短笛无腔

一、喝酒未遂

　　某单位发出"禁酒令"：周一至周五不准在任何时间、任何地点喝酒；周六、日喝酒必须向领导报备，如有违者严肃查处。凡事都有巧合。公职人员郑××突然接到分别多年的战友从外地打来的电话，说他已坐上来京的动车，上午办事，中午见个面，下午返回。郑××怀着激动的心情盼着战友的到来，叙说多年往事。鉴于目前形势，如何招待战友煞费心思。他思来想去，决定不叫其他人，还是他俩在家吃饭聊天稳妥。

　　他中午下班回到家，外卖小哥也正好把饭菜送了过来，摆在桌上。电话响了，楼下迎候。战友来了！激动不已，相互敬礼、拥抱，眼睛里含着泪花。把战友请至家中，两人桌前对坐。郑××不安地把单位"禁酒令"说了一遍，紧接着说："实在对不起，我只能喝一杯啤酒表示心意，你可多喝些，千万别介意。"战友深表理解。倒满酒，拿起筷，准备端杯时，突然，"咚、咚、咚"急促的敲门声，急忙开门。闯进三人，又是拍照又是录像。完毕，其中一人说："我是咱单位纪检会的，接到举报你违禁喝酒，我们前来执纪。今天的情况都看到了，怎样处理等组织研究决定。"说毕，不等他人多说一句，扭头就走了。

郑××劝战友回到座位，二人面面相觑，全无了吃饭心情。他甚觉尴尬、丢面子、没了尊严。战友首先自责道："老郑，都是我不好，给你添麻烦了。"老郑大幅度地摇着头，说："你说得不对。这不是你的问题，你一点错都没有。我也没有问题，我也没有一点错。"战友无语，暗自哀叹这无情的规定和冷面无情的、不谙世事的、年轻的执纪战友。"老郑，别难过，现在都这样。还要赶动车，我走了。"俩人又紧紧拥抱在一起，双双流下了眼泪。

几天后，单位宣布决定：给予郑××党内警告处分一次。理由：喝酒未遂。

近读一文，作者朱大路，择其一段：

诗人的话，让我寻思一时；哲学家的话，让我寻味一生。

同样是写人的"颈脖"，斯宾塞描写道："她的颈脖香如楼斗菜，令人心醉"；柏拉图议论道："颈脖之所以长在头颅（理性的住所）与胸脯（情绪的住所）之间，是为了避免把理性和情绪混在一起。"

柏拉图的"颈脖"论，是古往今来，对人的"颈脖"的最深刻、最别致的概括。可惜呀，有的人已经没了"颈脖"，理性住所和情绪住所已混居一处了，而且情绪成了霸主，那理性岂能不遭作践？

二、谁赋予你的权力？

看 CCTV-1 播放的反腐电视片《零容忍》，心里总是有些别扭。看着昔日很是风光的省部级领导们，脑海里常常会出现他们在主席台上讲话、在企业农村调研指导、在贫困百姓家问寒问暖的光辉形象。真想不到，如今竟成了阶下囚。前后落差大得让人的思想一时半会儿还调整不过来。如今只见他们逻辑清晰、记忆超人、痛哭流涕地当庭忏悔。谁能相信这些领导们平日里对自己贪腐几千万、上亿元的罪孽一无所知，只等东窗事发之后才恍然大悟，才知忏悔？如果自首后忏悔，可信；被抓后的追悔莫及，都是上演多少年的老套路——伪装。昔日伪装是为升官，今日伪装是为减刑。

最令人难以容忍的是他们都在讲"滥用了人民赋予的权力，辜负了人民"。请问：为什么要让人民背这个黑锅，你的权力什么时候是人民赋予的？

你的权力是谁赋予的，你最清楚。

肯定不是人民赋予的！

所有靠权势、靠金钱、靠裙带关系、靠出卖人格尊严当上"公仆"的人，如果说他们努力的目的是为人民服务，那一定是人类有史以来最荒诞的故事。这样的人有多少，贪腐的后备军就有多庞大。

但愿以后不管哪个"老虎"被抓入笼后忏悔时，都不要再以人民的名义愚弄人民了。人民不是傻子。人民听这样的话已听够了，听烦了！

2021 年 12 月 15 日

悟　道

　　人活着，都想活得幸福且有意义些，都想体现自己的存在。但是，如何活着，如何理解活着，如何体现自己的存在？人和人是不一样的，甚至迥然不同。每个人对自己、对他人、对社会、对自然等感悟的程度，说话做事是否在"道理"上，直接影响着他的幸福指数、人生价值和发展高度，也因此让人和人活得有了区别。

　　平日里，我们讲"见贤思齐，见不贤而自省""吾日三省吾身"。其中的"思"和"省"就是让我们悟道、悟理。道理就是事物的规律，是说话行事的依据和理由。悟得越透彻，就越能驾驭人生。

　　一次，我回乡下老家，与乡亲们在院中闲聊，我问一位八十多岁的老人："什么叫'人'呢？"老人略加思索，说道："人活着能记住自己是人，就是'人'了！"老人的话言简意深，让人回味，越琢磨越觉得有道理。人活着就得像个人，如果不像人，就离兽不远了，就会祸害人。

　　我看着眼前这位精神矍铄、慈眉善目的常年在农村耕作，又没有接受过多少学校教育的人，能把几句话都难说清楚的较复杂的问题回答得如此简要明了，真像个哲学家。他是在长期生活实践中细心观察，用心感悟出的道理。他有了这种对"人"的感悟，做人做事就不会太离谱了。

对待友情需要悟道。人是需要朋友的，像歌中唱的，"朋友多了路好走"。没有真挚朋友的人，是真正孤独的人。但真正的朋友是什么样的呢？英国诗人赫巴德说，一个不是我们有所求的朋友，才是真正的朋友。当代著名散文家、文化学者余秋雨说，一个无言的起点，指向一个无言的结局，这便是友情。真正的友情不依靠什么，它的本质是拒绝功利、拒绝归属、拒绝契约，它是独立人格之间的相互呼应和确认，它使人们独而不孤，相互解读存在的意义，使对方活得更加自在。

人间友情难以维持是因为人们在其中附加了太多的义务，将异质掺杂在友情中。世间的友情至少有一半是被有所求败坏的。我们应尽量少地对朋友有所求，不能认为交朋友的目的就是为了给自己做事。今天求朋友办事，明天向朋友借钱借物，后天拉人家合资入股是不行的。长久的友情是默契而清淡的。

心眼小的人，天地大不了。朋友聚会时，三句话不离自己和自家的人，是蜗牛转世，内心空虚、自私。心里只有他自己，对别人的事总是漫不经心，觉得与自己无关。这样的人是不会有朋友的。与朋友交往要多想朋友好，常思自己过。朋友帮了忙要常怀感激之心，报答之念。常想我为朋友做了什么，自己的言行有无伤害朋友的地方，取长补短，方得始终。

要想吸引朋友，需有种种品性。自私、小气、嫉妒，不喜欢成人之美，不乐闻人之誉的人，不能获得朋友。惜缘才能续缘。在人生的路上我们会遇到很多人，其实有缘才能相聚，亲人多半是前世的好友，好友多半是后世的亲人，给你带来烦恼的多半是你前世伤害过的。所以，一定要善待身边的亲人，关心身边的朋友，宽恕那些伤害你的人。也许，这就是因果。

在日常的工作与生活中，关爱他人、心甘情愿吃亏的人，终究吃不了亏。能吃亏的人，人缘必然好，人缘好的人机会自然多，人的一生能抓住一两次关键机会，足矣！爱占便宜的人，在利益面前六亲不认的人，终究占不了便宜。对钱财贪婪，就会丢掉人性中很多好的东西，就会淡漠人的良知与道德。蚕是被自己的丝裹住的。钱财是好东西，但获取的手段却是不同的，这和人的能力素质及对钱财的感悟程度有极大的关系。捡到一棵草，失去一片森林。有些人是不配享有那些钱财的。如同一个头脑不健全的人，如果碰巧有了很大的蛮力，那么，无论是对于他自己还是对于他人，都不是一件幸事。这就是得与失的辩证法。

悟道，与人的阅历、修养、实践及天赋有密切关系。佛教禅宗有个北渐南顿，就是讲悟道的殊途同归。能悟道，十字街头也能参禅；不能悟道，把经书读破，也不过是谤佛。用功之妙，存乎一心。郑板桥的故事也十分有趣。郑板桥早年很崇拜一位书法家的字体，废寝忘食地临摹。一天夜里，熄灯后他躺在被窝里用手指在被子上练。练着练着不知不觉在老婆背上练了起来。老婆不高兴地说："人有人一体，你体练你体，为什么老在人家体上练？"话虽是嗔怪，却使郑板桥顿悟：各人有各人的"体"，有道理。从此，开始琢磨自己的风格，终于摸索出了"乱石铺街"的六分半体。这是自己体道、悟道的

126

成果。

有一弟子问释迦牟尼：您既神通又慈悲，为何还有人受苦？释迦牟尼答曰：我虽有宇宙最大的神通力，但依然有四件事情是做不到的。第一，因果不可改：自因自果，别人是代替不了的；第二，智慧不可赐：任何人要开智慧，离不开自身的磨炼；第三，真法不可说：宇宙真相用语言讲不明白，只能靠自身去感悟；第四，无缘不能度：无缘之人，他是听不进你的话的。

人的一生总是磕磕绊绊的，甚至还要栽跟头。有人在哪里跌倒就能在哪里爬起来，吃一堑长一智。有人吃一堑，吃二堑，甚至吃三堑也长不了一智，甚至还老是在同一个地方栽跟头。活一辈子也没有把道理悟明白，活一辈子也没有什么作为，是不是在世间走一遭亏了许多呢？

2020 年 3 月 19 日

谁知松的苦

我喜欢爬山，而且常年爬同一座山。去得多了，自然就对山上一草一木四季的生长变化有更多感知。我更关注松树，远看像一座宝塔，近看则像是一把绿色遮阳伞，还像是一个让人仰视敬重的巨人。松树的躯干是棕色的，树皮很粗糙，裂开了，像是老人脸上的皱纹，显示着岁月的沧桑。粗壮的躯干立在地上，像柱子一样纹丝不动。一条条伸展开去的松枝，像展开的手臂，风儿吹来，上下摆动，就像是在和我们打招呼。如果刚下过雨，松树被雨水冲洗得青翠水绿，闪烁晶莹，空气里也带着一股清鲜湿润的松的香味，沁人心脾。

古今中外，多有文人墨客赞美松的优美诗篇，读之有益。但要读懂、理解松树，还应知晓松的苦。

大约十五年前，为绿化荒山，北京市园林局在山的南坡栽种油松。树苗高约两米左右，根须很短而且稀疏。山坡土质呈红褐色，土中有一半是小石头，挖三十公分深的树坑也不见湿土，是典型的土层浅薄多石干旱的环境。园林工人把松树苗放入坑中，回填土、扶正、踩实、浇水，一棵树就栽好了。我见状便上前询问："师傅，就这样的土质而且长年干旱少雨，人工浇水也不便，树栽下去能活吗？"回答是肯定的。

此后每来爬山，不管上山还是下山，小松树已是我的心事，总要到这片林中来，绕着小树上下打量考察一番。松枝泛绿了吗？树根发芽了吗？假设树根发了细嫩的幼芽，这嫩芽不但要在满是乱石的干涸的土壤中扎根，还要供应树干树枝的营养和水分，能行吗？想象中，就像那穷苦年代，吃不上喝不上的骨瘦如柴的母亲，还要让孩子噉吮乳汁一样，无奈得让人心酸。

我观察到，自从树栽上后，就再也没人来浇水。天下雨时雨水顺坡而下，水过地皮湿，水浇不到根本。夏日，更是苦苦受着煎熬。炎炎烈日，炙烤着大地；滚滚热浪，熏蒸着小树。松枝被晒得发白，看上去时刻都有被烤干的危险，但它努力地活着。

冬天到了，凛冽寒风卷着沙子打得小树左摇右摆，好像随时能把根拔出来一样；偶下一场大雪，松枝上落下厚厚的雪，把细小的树枝压弯了腰，只能等到冰雪消融后，才能轻松地伸展开来。"亭亭山上松，瑟瑟谷中风。……岂不罹凝寒，松柏有本性。"（刘桢《赠从弟》）

从松苗开始，松树就饱受虫的侵害。最难熬的是夏秋两季，虫日日饱食松脂，很多松树在秋季结束之前，便枯萎而死。松大蚜是松树的主要敌人，以虫刺吸树干、树枝汁液。严重时，松针尖端发红发干，针叶上也有黄红色斑，枯针、落针明显。盛夏，在松大蚜的危害下，松针上蜜露明显，远处可见明显亮点，当蜜露较多时，会沾染大量烟尘和煤粉，松树会得煤污病。还有松毛虫对松树危害也很大，被它侵害后的松针不再发绿，慢慢干枯下去，直到完全枯黄，树干脱皮。除这些之外，还有很多昆虫都喜爱以松树的松果或松针为食，如松茸毒蛾、松枝小卷蛾、新松叶蜂、球果螟等。松树除抵御外来虫害，还要战胜自身疾病，如落针病、枝枯病、根腐病等等。

上山本是有路的，但偏偏有游客爱另辟新径，生生从松林间踩出一条路来，使土质更硬，把小松树踩得东倒西歪。还有的随手折断树枝，折后的断茬处聚着松汁，好像人的手指尖被划破后沁着血一样。

松树会分泌树脂，叫松脂，是植物糖，是一种浅黄色或深褐色液体，有松根油的特殊气味，可作溶剂，也可作矿物浮选剂、酒精变性剂、防沫剂和润湿剂。人是贪婪的物种，奉行"物尽其用"的理念，想方设法榨取事物的所有价值，榨干榨净，一滴不留。松脂让松树在劫难逃。人成了松树的最大"病虫害"。据一个朋友讲，他见过人割松脂的过程：在距地面一米以上的树干上，割开松树皮，在松肉里开个三角形的槽，槽嘴上套上一个塑料袋，松脂液就流到袋子里。用刀一年一年往上割，三角槽越来越大，直到松脂流尽最后一滴，树枯死才算了事。这对松树是多么惨烈的伤害啊，它要忍受多大的痛苦呢！割松脂的人是不理睬的，他只管自己的利益。

松的痛苦是人的罪。松树看起来木讷，无动于衷，但松知道哪些人恶，哪些人没有给它尊严。它也知道哪些人是善的，它为保护过它的人祈福！

历经十五载风霜雪雨，昔日的小松苗，如今已成一片壮观的松林，已有了悦耳的涛声。松树都已有碗口粗细，根深蒂固，端正挺拔，碧绿苍翠，装点着山川。

苦难的岁月使它更多地懂得了世间冷暖，也更能承受世间的冷暖了。

人们赞美松树，欣赏松树，一定要知松的苦！

2020 年 3 月 31 日

寻求 "平衡" 为处世之道

　　一次老友聚会，酒过三巡，一位刚退休的领导酒兴颇高，说起了喝酒、为官的体会："喝酒的艺术就是找共同点的艺术，当领导的艺术就是寻求平衡的艺术。"细细想来觉得这话有道理。只要留心观察不难发现，酒要喝得好，领导要当得好，不论对群体、少数人还是个人，不论言行上还是心理上，都是在找最大公约数，求同存异，寻求平衡。平衡了事情就好办，就顺畅，就一呼百应。我们骑自行车，两个轮儿，为什么骑着不倒？汽车，四个轮儿，为什么有时会翻车？其原因不外乎是一个保持了力的平衡，一个失去了力的平衡。保持平衡，车就能按我们的意愿奔跑、前进；一旦失去平衡，就可能失事，甚至出大事。平衡，是事物发展的规律。人，在为人处事中要遵循这一规律。

　　世间万事万物，之所以能不停地运动、发展、前进，一个重要方面就在于保持了平衡。小到体操中人在平衡木上的行走，杂技中的骑车走钢丝、独轮车表演，直升机在空中的悬停等，大到人类的生存、地球的运转、天体的运行等等，可以说，都是保持平衡的一种状态。

有一个说法，人的一生能喝多少酒是个定数，如前半生喝酒无度，结果喝出了脂肪肝、糖尿病、心脑血管等疾病，把一生的酒提前喝完了，后半生就不能也不敢再喝。这个说法未必准确，目前也没有科学依据，但身边确实有不少这样的例子。吃也一样，常见一些人喜欢赶场子、下馆子，喜欢山珍海味、大鱼大肉，天天满嘴流油，结果呢，吃出一身病。事实证明，吃喝也得讲究摄入与需要的平衡。吃喝得太好是幸福，也会有痛苦。

过去雾霾天多少年也难见一次，现在雾霾经常出现，这是人们一味地追求发展速度，过多地消耗燃油、煤炭，盲目发展高能耗产业等所致。人们过分地"修理地球"，围河造田、滥砍滥伐，结果引发一些灾害。实际上这都是我们打破了自然界的平衡后，大自然对人类的报复。

一些领导干部德不配位，为一己私利搞团团伙伙，拉帮结派，把多数人的利益、集体利益放在一边，对群众呼声不闻不问。还有的贪污腐败，利令智昏，失去了群众的信任和拥护，也就失去了"平衡"而"跌倒"。他们忘记了"船与水"的平衡、"权力与责任"的平衡、"获得与付出"的平衡，不择手段谋取利益和享乐，不该拿的拿、不该要的要、不该吃的吃……不劳而获是有违平衡规律的，违背规律当然会受到惩罚，就会"甜尽苦来"。

在这个世界上，过得好的人都是活在平衡的哲学里。凡聪明人都是尊重常识、顺应规律的；世间一切的蠢事，往往都是漠视规律的结果。就普通百姓而言，为什么有的日子过得好，有的过得不好；有的家庭和谐，有的就不和谐；有的人缘好，有的人缘就不好；有的家兴业旺，有的非常糟糕呢？事在人为。人对了，世界就对了；人错了，世界就错了。假如你为人做事掌握分寸，把握平衡，善良厚道，勤劳有诚信，人脉就好，运气、机遇、财富就会眷顾你。

2000年美国《华尔街报》评出1000年至2000年世界五十巨富，中国有六人：成吉思汗、忽必烈、刘瑾、和珅、伍秉鉴、宋子文。其中两个皇帝，一个明朝太监，一个清朝官员，一个国民党四大家族之一的代表人物。草根出身的就一个伍秉鉴。

伍秉鉴（1769—1843）是福建安海人，茶商，为广东十三行之首，十三行被称为"天子南库"。马克思曾提到过他的商名——伍浩官。他在世界影响很大，在欧美多国都能找到保留下来的他的画像。

伍秉鉴开始经商的时候，人们并不看好他，说他笨头笨脑，甚至断言行会要败在他手里。但他成功了，成了那个时代的世界首富。

伍秉鉴把茶做到极致，他和产茶区保持密切联系，有相对固定的茶农。从采茶开始严把质量关，茶农都知道，伍秉鉴一旦发现毛茶中有烂茶、死茶、折蒂茶，绝对不收。他们之间形成一种信誉，只要盖上"伍家戳记"就是上好的茶。他当了广东十三行商总，一位同他关系非常好的英国商人提出让伍家独家代理销售羽纱。羽纱像传说中的百鸟裙一样惹人喜欢，是一笔好生意。其他商行眼红，心里不平衡。他得知后把大家请来，说自己资金周转不开，这笔生意要和大家一起做，大家皆惊喜若狂。他会做生意，会顺应人心，不吃独食，自然赢得人们的拥戴。有一位波士顿商人因生意亏本欠了他7.2万银圆，滞留中国，有家难归。伍秉鉴把他找来，当面把借据撕掉，让这位商人和在场的伍绍荣（伍秉鉴之子）及管家目瞪口呆。伍秉鉴对商人说："你是我的好朋友，你很诚实，只是运气不好。从现在起咱们的债务一笔勾销。钱财是身外之物，不必挂怀，你可以回国了。"伍秉鉴这一举动在西方传为佳话，有艘轮船还以他的名字命名。还有一次，因商品质量问题，一外商同华商买卖双方发生争执，他们知道谁接手这商品谁赔本。伍秉鉴出面调停无果，他便说："这批货，我要了。"外商感恩不尽。这批货让他损失一万多两银子，但结交了一个长期精诚合作的生意伙伴。

伍秉鉴的成功靠的是诚实守信，抱朴守拙，立足长远，善于在错综复杂的环境中维持关系的平衡，心存善良，不走极端，善于化解矛盾，建立良好的人际关系，为事业发展打下基础。如果相反，不讲诚信，欺骗他人，人们就不会再相信他，就不会与他合作共事，就会远离他；如小肚鸡肠，斤斤计较，爱贪占小便宜，只顾眼前蝇头小利，人们就会小看他；如遇困不帮，见危不救，人们就会冷落他。久而久之，就会失去人际关系的平衡，成为孤家寡人。

中国传统文化有着丰富的关于为人处事把握平衡的内容。老子讲"万物负阴而抱阳，冲气以为和"，是说万物保持阴阳平衡才能存在。人禀受天地之气而来，在世间也需要保持平衡状态。孔子说，中庸是最高的境界，是适度，是不偏不倚。外圆内方、深浅有度是一门微妙的、高超的处世之道，使人们在正义和生活的天平上保持着微妙的平衡。

生活是这样告诉我们的：事事计较、处处摩擦者，哪怕壮志凌云，聪明绝顶，也往往落得壮志未酬泪满襟的结果。

清朝名臣曾国藩位高权重，趋炎附势的人很多，他对此总是淡然处之，既不因被人奉承而喜，也不因人谄谀献媚而恼。曾国藩的一个手下对那些趋炎附势、溜须拍马的人非常反感，总想找机会教训他们一下，于是就在一次批阅文件时，将其中一位拍马的官员狠狠讽刺了一番。曾国藩看过该批阅后，对手下说，那些人本来就是靠这些来生存的，你这种做法无疑是夺了他们的生存之道，那么他们必然也将想尽办法置你于死地。曾国藩的一番话让手下恍然大悟、冷汗淋漓。

人在社会中，不可能远离是非，因此行事必须轻重有度，适可而止。曾国藩深谙人情之道，倘若拒绝被人拍马，则必落入孤家寡人无人可用的境地；倘若沉醉在逢迎之中，则会让那些颇有见地的人才流失。因此他采用了淡然处之的方法，耳听美言，胸有丘壑。

寻求平衡，首先自己的心态要平衡，要控制住欲望。

人，不能没有欲望。没有欲望的人，就如一潭死水，没有了活力，人生也就没有了滋味，没有了意义。但没有约束的欲望，便是贪婪，唯利是图，自私自利，"得了高还想跷脚"，无足无够，心态永远处于不平衡状态。在这种状态下为人处事就会失衡走样，就会出问题。真正有大智慧的人，是会控制自己欲望的，旁人看他好似不精明，纯朴得如同赤子，不谙世故；实际上他们不是不知道，而是早已看透了这世间只有保持平衡才能行稳致远。

2021 年 3 月 12 日

人品·官德·党性

读了浙江省军分区副政委兼金华军分区政委范匡夫的事迹，深深地为他那优秀的人品、高尚的官德、先进的党性所感染。他以极强的人格魅力和道德感召力，塑造了新时期党员领导干部的光辉形象，模范践行着"三个代表"的要求，同时也给我们一个深刻的启迪：党员领导干部要讲人品、官德、党性。

俗话说："做官先得做人。"做人就得讲人品。人品就是人的品质，是人的基本精神风貌。党员领导干部位高权重、一言九鼎、示范性强，人品如何至关重要。孔子曰："政者，正也。子帅以正，孰敢不正。"讲的就是这个道理。我们不难发现，党员领导干部人品好，这个单位就风气清新、团结紧密、蓬勃向上。如果不是这样，而是热衷于拉帮结伙，亲亲疏疏，用权不公正，做事不公道，弄虚作假，欺上瞒下，以权谋私，宁愿牺牲集体利益、长远利益也要换取个人利益，这样的单位没有一个能搞好的。我党的每个党员领导干部都应像范匡夫那样："正正派派做人，清清白白处事，勤勤恳恳工作，老老实实做官，平平静静思索，愉愉快快生活。"这样才能为官一任，净化一方，仰不愧天，俯不愧人，内不愧心。

为官要讲官德。"官德"即为官者的道德。康德说过："在我们这个世界上，只有两件事能在我们心里引起颤动，一个是头顶上灿烂的星空，即美丽的自然界，一个是我们心中崇高的道德准则。"作为党员领导干部，道德应该是高尚的，以德感人，以德树威，以德为政。如果德行低劣，就会弱化群众的凝聚力、战斗力和创新力。党员领导干部要有良好的官德，首先要有坚定的政治道德。不论在任何情况下，要有坚定的政治立场，有自己的观点和处事原则。特别是在改革开放发展社会主义市场经济条件下，中西方文化相互碰撞，科学和伪科学混合交织，先进与落后同时并存，更不能人云亦云，盲听、盲言、盲行。其次要有较好的思想道德。对上不吹吹拍拍、曲意迎合，对下不高高在上、颐指气使；不能只有心出名，无心做事；不能只琢磨人不琢磨工作，沽名钓誉。还要有很好的职业道德。把工作当作事业来干，兢兢业业，忠于职守，乐于奉献，坚持"革命第一，工作第一，他人第一"。

党员领导干部要讲党性。共产党人的党性是马克思主义世界观的集中体现，有与时俱进的先进性特征。我们党员领导干部要努力践行"三个代表"要求，增强先进性意识，树立先进性形象。我们党员领导干部是"三个代表"的践行者，就得时时处处体现先进性，自觉抵制庸俗的东西。范匡夫是我们的榜样——"社会再变灵魂不能浮躁；诱惑再多步子不能乱套。任何时候，任何情况下，都要坚守共产党人的精神家园。"

人品、官德、党性是相互联系、相互促进的。人品是官德、党性的基础，官德是人品、党性的体现，党性又是人品、官德的最高表现形式。它们三者又是相互促进的，只有那种高尚的人、脱离了低级趣味的人、有利于人民的人，才无愧于共产党员的光荣称号；如果连基本的人品都没有，他不可能为党的事业奋斗、奉献。一个好人不一定是好官，但好官一定是好人、好党员。因此，每个党员领导干部要立大志、修人品，加强道德修养，既要甘当公仆躬身做官，又要挺起腰杆堂堂正正做人，还要扎扎实实为党做事。

2001 年

实干守拙方有作为

成功缘于实干，祸患始于空谈。实干精神是我们党的优良传统，注重落实是共产党人的政治本色。唯有实干，才能行稳致远。

人们常忆起杭州西湖的苏堤、西北大漠的左公柳。苏轼任职杭州之初，西湖淤塞过半，严重影响农业生产。他便率众疏浚西湖，促进了农业发展，以挖出的葑草和淤泥堆成长堤，人称"苏堤"。堤上烟柳笼纱，波光树影，鸟鸣莺啼，成西湖十景之一。后人漫步堤上而念苏轼。晚清儒将左宗棠率军到西北大漠，看到戈壁滩上荒凉景象，沿途遍栽杨、柳、沙枣树，名曰"道柳"。人们目睹"连绵数千里绿如帷幄"的塞外奇观而思左宗棠。虽经千百年风雨烟尘而未被湮没，干实事的穿透力量竟至于斯。

"政声人去后，民意闲谈中。"百姓对领导干部功绩的最真实的评价，往往是在岁月洗尽铅华之后。回头望望，看你在任上做了什么，任后留下了什么，昭昭然无可掩饰。有的在任上热热闹闹，干的都是些华而不实的东西，像样的事情一件也没干；有的倒是干了，职务上去了，债务留下了，人调走了，项目烂尾了；有的干的是"面子工程""形象工程"，急功近利，不几年就隐患重重，给后人留下诸多麻烦；有的虚头巴脑，作风飘浮，无干实事之心，只存哗众取宠之意，任后骂声一片；有的为官几载，只有个人或小团体得着利益，误国误民误苍生。

一位领导同志退休，不少人甚觉依依，难以割舍，默默向他致敬。因为大家心里都有一本账，他在任的这些年，干的几件事情都是实实在在的事，都是为党为政府增光添彩的事，都是为他人谋福祉的事。凭这几件实事，人们就会一直记住他。

干事风格不尽同，唯有实干撼人心。那些不因风雨淘漉而变色的事，不因人事更替而被遗忘的人，正是因为他心里装着百姓，以实干为立身之本，把实干作为一种信念去追求，作为一种品性去坚守，作为一种准则去践行。做人善良厚道，干事扎实坚韧。虽工作方式、工作方法各有差异，但万变不离根本。像"苏堤""左公柳""焦桐"一样，历经风雨而久久被人传颂的是那响当当、硬邦邦的实绩，是那穿透人心、撼动心灵的实干精神。

诚然，能干成一件实事是不易的。在纷繁复杂的实际工作中，不可避免地会遇到困难、风险、矛盾等诸多绕不开躲不过的问题，也难免会触动一些特殊利益，甚至要得罪一些人。往往是干劲越大，遇到的风险阻力也就越大。纵观古今为官者，凡能被人念念不忘的好领导，哪位不是迎难而上，积极作为，在克服重重困难中干成实事的呢？我们知道，不同时代的为官者，无一例外都会面临自己所处时代的难题。解决这些难题必

141

须要有实干精神，同时还要善于"守拙"。

守拙，是古代围棋九等之末，因其棋力尚浅，对弈之时往往漏洞百出，谓之拙。但冷静思考，刻苦钻研，及时修正错误，谓之守。守拙虽为棋品之下下品，但守拙之道却是宝贵的人生经验。陶渊明《归园田居·少无适俗韵》中"开荒南野际，守拙归园田"意为少私寡欲，抱朴自守。不管外部环境条件如何变化，不管人们对时髦时尚怎样趋之若鹜，始终固守追求中的执着、浮躁中的淡定、欲望中的操守。拙，是人生智慧。

"书读百遍，其义自见""一章三遍读，一句十回吟"，是读书求学之拙。多少人正是用这样的笨功夫，实现了学养的提升。纪昀的《阅微草堂笔记》有言："心心在一艺，其艺必工；心心在一职，其职必举。"是干事创业之拙。踏踏实实、心无旁骛做事情，才能采撷到成功的果实。"一任接着一任干，一张蓝图绘到底"，是为官从政之拙，唯有这样的胸襟和气度，才能把管长远、利民生的事情做好。

"责守明则谋政专，勤于正事必疏于邪门。"院士谢家麟这样评价自己：只顾埋头拉车，拙于人事交往。组工干部的榜样王彦生被誉为坚持原则、淡泊名利、拙于交际的老实人。凡勤于正事者大都会"拙于人事"，他们并非交际能力差，而是一心扑在工作上，没有时间去应酬吃喝、迎来送往，没把精力用在拉关系上。这样的拙能使他们专心致志做事，心里自然淳朴，内心亲和，用朴实无华的"拙气"来抵制诱惑和肤浅，超凡脱俗，站在了人生的高境界。一个闹哄哄的灵魂里，难以生长高品质的事物。陶渊明写道："闻多素心人，乐与数晨夕。"素心就是守拙之心，自求孤独之心。

　　与拙相对应的是巧。在追求成功的道路上，我们并不排斥巧，但巧应该是心血和汗水凝成的结晶，是无数"拙"的积累。坚持"拙"而获得的成功是久久积累之功。如果习惯于投机取巧，即便一时可以欺骗隐瞒别人，但久而久之，再高明的"巧"术也会露出马脚。拙虽不如巧诈那样灵活，短时间里可能会吃亏，却可以凭借愚直拙笨建立信任，积攒人气，涵养操守，立稳事业根基。清代中兴重臣曾国藩以"钝拙"自居，以去伪崇拙修身，用"拙诚"破"机巧"，这使他养成了拙诚浑含的品行，也练就了深谙世事却又不为世俗所扰的超然本领。"心诚则志专而气足，千磨百折而不改其常度，终有顺理成章之一日。"可以说，"拙"不仅是修身之要、相处之道，更是立业之本、成事之基。

　　实干和守拙是相辅相成的，也是相互促进的。实干需要守拙聚集底气，提升能力，修身养性；守拙归根结底是为了干就一番事业。以拙立身，以实创业。如是，我们不仅会获得内心的宁静，还会不经意间成为一道风景。何愁任后无所留，何患大业不长兴？

2021 年 2 月 25 日

行车与德行

日前，在昆山市震川路因车祸于海明致刘海龙死亡一案，备受社会舆论关注。据警方通报，造成这起死伤案件的一个重要原因是刘海龙醉酒驾车，强行闯入非机动车道。通过这一案例说明刘海龙行车的德行有了大问题，无视法律，行凶犯罪，咎由自取。也从反面警示我们遵规守法、文明开车的重要性。

在日常生活中，有些人行车时德行不好。我上月一天的中午看到这样一个场景：盛夏的中午骄阳似火，酷暑难耐，在一个没有红绿灯的人行横道上，四位奶奶、姥姥辈的老人各自领着小孙子、小孙女要横过马路，到路对面的幼儿园。她们行至路中间站在黄线上焦急地等待，但过往的车辆都毫不犹豫地呼啸而过，竟没有一辆车停下来让老人孩子先过去。我看到后一直在想，开车人真的时间就那么金贵，连停一下的时间都没有吗？就没有一点"老吾老以及人之老，幼吾幼以及人之幼"的意识吗？真是让人不好理解。还有，平时能看到有的人开车随意加塞、拐弯、并线不打转向灯，在夜间、在医院和学校附近、在老人孩子身后长时间鸣笛，凡此种种，虽不违法，但也

144

反映出开车人的德行不好。

人是要讲德行的。德行是指人的道德和品行。英国人约翰·密尔说过:"人要遵从道德要求,一要靠法律调节,二要靠良心调节。'良心感'是'功利标准'的制裁力。"法律够不到的地方,良心来帮忙。行车中能不能停下车先让非常焦急的、酷暑难耐的老人和孩子过去,能不能不在夜间、在医院和学校附近、在老人孩子身后长时间鸣笛,这些不良行为中有的可能没有法律上的明文要求,只能靠良心、同情心来处理。人的道德往往又是从良心、同情心开始的。孟子举过一个例子,你看到一个小孩在井边玩儿,快掉下去了你着急,你为什么着急呢?他是你的亲戚吗?不是,因为你能推己及人,在看到小孩危险的那一瞬间,你仿佛就想到自己如果掉到井里是什么滋味。良心、同情心是道德的开端、道德的萌芽。如今,开车出行是人们重要的出行方式,能否文明行车对人们的社会活动、工作生活、精神状态是有很大影响的。行车时不能仅仅考虑自己,要推己及人,换位思考,想到深夜熟睡的人们、上课的学生、医院的病人、行动不便的老人和孩子。

为人要怀德、守德、行德。行车万里路,德行天下安。

2018 年 9 月 7 日

145

知止常止，终身不耻

南宋《增广贤文》一书中说："知止常止，终身不耻。"是说我们每个人在日常工作、生活中要管住自己，不该做的事就不要去做，一生才不会犯错误、出问题。

在现实生活中，有些同志在一时一事能"知止常止"，时间长了就麻痹大意，以致放松了对自己的要求；有的在大是大非面前能"知止常止"，但在所谓"小节"问题上却认为"无伤大雅"而迁就自己；有的在逆境时能"知止常止"，但在顺境中特别是官大、权大后，就忘乎所以放纵自己；还有一种人已经犯了错误还不知悬崖勒马、止步悔过，而是继续走向深渊，一失足成千古恨，招致终身耻辱。凡此种种，说明"知止常止，终身不耻"是何等的重要，是人一生中所面临的课题。

人生之路，诱惑多多，能否做到"知止常止，终身不耻"，关键在自己。相传，明代曹鼐年轻时任泰和典史。有一次，他抓捕到一个女盗贼，天色已晚，不及回县，夜宿一荒寺。女贼以色相诱，曹不免心动，于是就用手几次书写"曹鼐不可"四个字告诫自己，终于度过了难熬的一夜。为什么曹鼐

146

坐怀不乱呢？还是他自己管住了自己，知止而止，才成就了后人口中的美谈佳话。由此可见，做到"知止常止，终身不耻"是十分不容易的，是一个艰难甚至焦灼难耐的过程，是意志和贪欲的较量。当然，我们作为一名党员、一名军人，不可与曹鼐同日而语。我们应有更高的境界，更努力加强学习，树立正确的人生观、世界观和价值观，有坚定的信念、高尚的情操；更要加强道德修养，该止能止得住，不为物累，不为钱惑，不为色迷，每日三省吾身，及时校正自己的人生航标，做一个"知止常止，终身不耻"的人。

2002 年 3 月 6 日

遇到烂人不计较

俗话说："人上百个，形形色色。"人经历多了，遇到烂人也是常有的事。我的体会是：遇到烂人不计较。

我曾和一位领导去基层调研。早上，从单位出来后找了个路边摊吃早餐。早餐摊上吃饭人较多。我去排队买早餐，领导去找座位。领导看到一个餐桌空了出来，便上前把用过的餐具收拾起来放到水池里，把剩饭倒进泔水桶里，然后用餐巾纸擦着桌子。正在这时，我看到一位五十来岁的耳朵上夹着一支烟的男子和领导说着什么，气氛不大对。我连忙过去，原来那男人说他还没吃完，饭就被我们倒掉了，很不爽。我说："那我再给你买一份吧，你接着吃。"他说没心情吃了，让赔他一百块钱！我说："你在开玩笑吧，你吃的那早点怎么也花不了这么多钱呀！"他说："我那饭就值这么多！要是不给我就坐在你们的车前，谁也别走。"我俩争执之际，领导便拿出一百块钱递给了他。这么爽快给他钱，他也有点吃惊，先是一愣，眼珠在眼眶里转了两圈，便迅速地接过钱，不怀好意地对我笑了一下，扭头就走人了。我那个气啊，正想上前拦住他再说点什

148

么，领导却向我摆摆手，示意别理他，快点去排队买饭吧，自己低着头继续擦桌子……

我的一位好友讲过他经历的一件事：在香港迪士尼乐园，遭遇大妈插队，被两个香港女孩指责后，其中一个大妈用极其恶毒的语言，对两个女孩进行辱骂。当时他站了出来，帮女孩子说话，结果却很丢人。

那大妈说他之所以帮腔，是看中了女孩的姿色，还有鼻子有眼地描述："你小子，好多次偷瞄那妞的胸脯，你以为我没看见……"我这位朋友是一个培训师，在大学辩论赛中还得过冠军，但面对这大妈竟然哑火了，一句话也不说了。他想，要是纠缠下去，他只能说我没看，那大妈会说你就是看了；他又说我哪里看了，大妈还会说，你明明看了，还咽了口水……这无中生有的事，往往让你有口难辩，若想反击，唯有以暴制暴，指责那大妈刚才一直在偷看我的胸脯……如果这样，岂不是也沦落成和她一样？这不是他希望的，因此只能默默吞下苦水。

和烂人计较十有九输。因为烂人是没有底线的，他也要把你拉入没有底线的战场。你想要底线，就会输掉这场战争；不要底线，输赢未知，但最起码你先失去了底线。

就像尼采在《善恶的彼岸》中所说："与恶龙缠斗过久，自身亦成为恶龙。凝视深渊过久，深渊将回以凝视。"因此，你和烂人计较，你也可能进入烂人行列。

你改变不了世界，也改变不了烂人。网络作家平开顺讲过他父亲中风的经历。他父亲，老共产党员，以前负责党群工作，刚刚退休在家。老爷子有一副侠义心肠，喜爱管点闲事。

149

一次，看到小区人行道上停着一辆车，由于人行道窄，路过的街坊邻居很不方便。看到车里还坐着一个年轻人，老爷子便过去交涉。可是任凭老爷子苦口婆心，那年轻人仍岿然不动。后来年轻人实在烦了，怼道："老家伙，滚一边去，你是闲得慌对吧?!"这事儿两天后，老爷子就中风了。平开顺说："当时父亲心里就憋着口气，他最不能释怀的是，自己明明句句在理啊，这位年轻人怎么连道理都不讲了？"网络有句话叫"绝对不要和烂人讲道理"，因为烂人是来自另外一个平行宇宙，他们的价值观和处世准则，都是和我们截然不同的，你教育不了他们，他们应验了一句谚语："生成的骨头，长就的肉。"一辈子也改不了，反而会身受其累。就像村上春树说的："不是所有的鱼，都生活在同一片海洋里。"

你改变不了烂人，如果他们能改变就不叫烂人了。就像《古惑仔》中的莫文蔚对传教士父亲的劝告，不要再动员古惑仔们信教了，这不会有任何改变，就算他们都信了教，也还是"信了教的古惑仔"。当然，我们也不是向烂人屈服，而是藐视他们的存在；更不要因为烂人，搭进自己的身体、时间、精力和尊严。要相信一句古话："天雨虽宽不润无根之草，佛门广大难度不善之人。"对于烂人，别理他，他最后是会遭报应的。

之前网上有一个故事。一个女孩，因为牛肉面里的肉太少，和老板吵了起来，吵着吵着就哭了。有好心人就劝她："不就几片肉，至于吗？唉，这种奸商，烂人一个，不值得，别哭了。"谁知女孩哭得更厉害了，女孩说道："我不是因为这破事，也不是因为那烂人，而是自己毕业几年了，竟然还要为了碗里的几块肉和别人争执，我真没有出息!"是的，与烂人计较说明自己涉世尚浅，修养不够，也是对自己无能的纠结与愤怒。玛莎拉蒂从不和出租车抢道，马云从来不关心哪个媒体又怼了他……

和烂人不计较，可能有人说你好欺负、软弱、不像个男子汉或是你有短处。有人罗列过世上最无趣最无价值的几件事，其中就有给烂人讲道理、帮弱智理逻辑。这跟林肯的说法很接近:"一个人完全不必消耗时间去做无谓的争论，那样对自己性情不但有所损害，还会让人失去自制力。在尽可能的情况下，要学会放弃。"与其跟一只狗争路，不如让狗先走一步。如果被狗咬了一口，你即使把这只狗打死，也不能治好你的伤口。

刘半农在《作揖主义》一文也说过同样的道理:"沈二先生与我们聊天，常说生平服膺红老之学。红，就是《红楼梦》;老，就是《老子》。这红老之学主旨，简便些说，就是无论什么事，都听其自然。听其自然又是怎么样呢? 沈先生说:'譬如有人骂我，我们不必还骂;他一面在那里大声疾呼地骂人，一面就是他打他自己，我们在旁边看看，也很好。何必费着气力去还骂? 又如有一只狗，要咬我们，我们不必打它，只是避开了就算;将来有两只狗碰了头，自然会互咬起来。所以我们做事，只需抬起了头，向前直进，不必在这'抬头直进'四个字之外，再管什么闲事。'"这些话，有点像托尔斯泰的消极的不抵抗主义，但细想之，这消极之中有积极，不抵抗当中有抵抗。

2020 年 7 月 19 日

第三辑　饭　碗

春天到了，就要脱去裹在身上厚厚的棉衣，在我们生存的土地上，不辞劳苦地一镐一锹地去耕耘，去播种。平日里，要适时浇水、施肥、培土、除草等。收获不仅在金色的秋，还有火热的夏和多梦的春。

五月五日话端午

端午亦称端五，是我国最重要的传统节日之一。"端"的意思和"初"相同，"端五"也称为"初五"；端五的"五"字又与"午"相通，按地支顺序推算五月又是"午"月，午时为"阳辰"，所以端五也叫"端阳"。五月五日，月、日都是五，故称重五或重午。此外，端午还有许多别称，如夏节、浴兰节、女儿节、诗人节等，别称之多说明关于端午节的起源也有不同的说法。

端午节是一个纪念日。纪念屈原。屈原是春秋时期楚怀王的大臣，他倡导举贤任能，富国强兵，力主联齐抗秦，遭到贵族子兰等人的强烈反对，遭谗言去职，被流放到沅、湘流域。他在流放中，写下了忧国忧民的《离骚》《天问》《九歌》等不朽诗篇（为此端午节也称为诗人节）。当他看到秦国攻破楚国，自己的祖国被侵略，心如刀割，于五月五日写下绝笔作《怀沙》后，抱石投入汨罗江，以自己的生命谱写了一曲壮丽的爱国主义乐章。

纪念伍子胥。伍子胥是楚国人，父兄均为楚王所杀害，后来他弃暗投明，奔向吴国，助吴伐楚，五战而入楚都郢城。吴王阖闾死后，其子夫差继位，吴军士气高昂，攻打越国，越国大败，越王勾践请和，夫差许之。子胥建议，应彻底消灭越国，夫差不听，且收受越国贿赂，相信谗言，赐子胥宝剑，子胥以此死。子胥本为忠良，视死如归，在死前对邻舍人说："我死后，将我眼睛挖出悬挂在吴京之东门上，以看越国军队入城灭吴。"便自刎而死。夫差闻言大怒，令取子胥之尸体装在皮革里，于五月五日投入大江，因此相传端午节亦为纪念伍子胥之日。

纪念东汉孝女曹娥救父投江。曹娥是上虞人，父亲溺于江中，数日不见尸体，当时孝女曹娥年仅十四岁，昼夜沿江号哭。过了十七天，在五月五日投江，五日后抱出父尸。就此传为神话，继而传至县府，县令度尚为之立碑，让他的弟子邯郸淳作诔辞颂扬。孝女曹娥之墓，在今浙江绍兴，后传曹娥碑为晋王义所书。后人为纪念曹娥的孝节，在曹娥投江之处兴建曹娥庙，她所居住的村镇改名为曹娥镇，曹娥殉父之处定名为曹娥江。端午节是个悲壮的日子，是个祭祀的日子，因此，我们在过节期间不宜互致"快乐"，而应用"安康"之类用语。

端午可算是一个医药卫生节。端午在古人心目中是毒日、恶日，在民间这个思想一直传了下来，所以才有种种求平安、禳解灾异的习俗。其实，这是由于夏季天气燥热，人易生病，瘟疫也易流行；加上蛇虫繁殖，易咬伤人，所以要十分小心，这才形成此习惯。种种节俗，如采药、以雄黄酒洒墙壁门窗、

156

饮蒲酒等，看似迷信，但又是有益于身体健康的卫生活动。端午节是人民群众与疾病、毒虫做斗争的节日。今天这些卫生习俗仍然是应被传承发展并弘扬的。民间古来有门前悬艾草、菖蒲之俗。民谚说："清明插柳，端午插艾。"在端午节，人们把插艾草和菖蒲作为重要内容之一。家家都洒扫庭除，以菖蒲、艾条插于门楣，悬于堂中。并用菖蒲、艾叶、榴花、蒜头、龙船花，制成人形或虎形，称为艾人、艾虎；制成花环等佩饰，美丽芬芳，妇人争相佩戴，用以驱瘴。古时，人们缺乏科学观念，误以为疾病皆由鬼邪作祟所致，故而节日一早便将艾蒿、菖蒲扎成人形，悬挂在门前，用以祛鬼禳邪、保持健康。其实，真正起到净化环境、驱虫祛瘟作用的，还是两种草的香气。

端午节在中国传统文化中是个重要的日子。旧时，驱凶辟邪是这个日子的重头戏，大家要在这一年阳气最旺盛的日子里，用多种方法为家人祛病消灾，祈求福运安康。端午节佩戴香包。传统认为香包有驱邪之效，实际上，香包里放的朱砂、艾叶、雄黄、香药、石榴花散发出清香怡人的味道，对蚊虫而言就是克星，有辟邪驱瘟的作用。端午放生积德祈安康。如果祈求家人安康可在这天去放生。端午节这天吃粽子有很多寓意。除纪念屈原之外，还有"粽"，同"中"，"中子"即一矢中的、求得贵子之意；还有"高中"之意，提高学业考运，让好运同你相伴。戴五彩绳手链。五彩即绿、红、白、黑、黄，五色代表金、木、水、火、土五行，以及东、西、南、北、中五个方位。五彩绳手链有五色合欢之意。想早日告别单身的男

157

女可将五彩链戴在手腕或脚踝上，男左女右，可增八方人缘添喜气，会对招来好的姻缘有帮助。在十五、十六、十七的月光下佩戴效果更佳。

2015 年 6 月 15 日

端午情思

　　"节分端午自谁言，万古传闻为屈原。堪笑楚江空渺渺，不能洗得直臣冤。"端午节是流行于中国以及汉字文化圈诸国的传统文化节日。每当端午节，人们更多地想起伟大的爱国诗人屈原。公元前278年，五月初五，汨罗江边，爱国诗人屈原内心充满矛盾，充满无奈。他满怀豪情想报效国家，可是天妒英才，大王昏庸，奸佞擅权，大好江山毁于一旦，他万念俱灭，决心用自己的生命去警告卖国的小人，用衣服包着江边的石头，用带子紧紧缚在自己身上，纵身跳入江中。滔滔汨罗江，滚滚东流水，吞没的是忠臣的躯体，冲不走的是那不屈的英魂！

　　诗人屈原拥有伟大的爱国忧民情怀。"战国七雄"为争城夺地，互相杀伐，连年混战，他见百姓深受战争之苦，十分痛心。他立志报国为民，劝楚怀王任用贤能，爱护百姓，很得楚怀王的信任。可是遭到了以公子子兰为首的一些贵族的嫉妒和忌恨，他们不断使用各种伎俩来陷害屈原，楚怀王对屈原渐渐不满起来。受到挑拨离间的楚怀王不再信任屈原，把他逐出宫外。楚国局面越来越坏的消息不断传来，使他坐立不安。爱国的火焰在他心里燃烧，可他又无能为力。满腹的忧愁愤恨，都汇成了一个个诗篇。在他的诗篇中，人民的疾苦，爱国的情怀，一直是他念念不忘的主题。譬如，屈原在《离骚》《九章》等作品中反复讲到"民"的问题。他提出了革新政治的主张，建议不分贵贱，选用贤能来治理国家，修明法度，严格按法度办事。在那个时代，这些提议无疑得罪了权贵，权贵们为保自身利益，处处打击屈原，使之遭到奸佞的排挤，最终流放到汨罗江边，郁郁不得志，报国无门。

"长太息以掩涕兮，哀民生之多艰！"他的一腔热血只能变成满腹悲愤，遥望蓝天长长地哀叹，无奈地吟唱起一句句诗歌，悲哀的声音中，表达了对国家、对人民的热爱，表达了对劳苦大众处于水深火热中的哀怜之情，也表达了对自己怀才不遇的无奈。但不管他如何吟唱和哀叹，都了却不去他那万分悲痛之情！他在绝望中纵身一跳，从此千古流芳。可以说，屈原之死，不仅仅是因为国家的破灭，也是因为其民本理想的破灭。有多少人为他的壮举而泪流满面，时至今日，仍有多少人为他感慨不已。传说屈原自沉后，楚国百姓纷纷涌到汨罗江边，渔夫们驾舟奋力营救，有的拿出粽子丢到江里，说是让鱼虾吃了就不会去咬屈大夫尸身。一位老医师则将雄黄酒倒进江里以药晕蛟龙，使它不能伤害屈大夫。岁月悠悠，朝代更迭，尽管时光已流过两千余载，世事早已沧海桑田，然而今天每到端午节人们依然要裹粽子、划龙舟、喝雄黄酒，举办各种民俗活动，来纪念和缅怀这位伟大的诗人。可见，为国为民而献身的人老百姓是永远不会忘怀的！

一首《离骚》，使中华文化更显博大精深；一个端午节，使中华民族更彰显出爱国情怀；一个小小的粽子，更表达出老百姓对先贤的怀念和敬仰。爱国忧民是中华文明的核心内容，是中华民族优秀传统文化的精髓。这些在屈原身上得到了充分体现并放射出夺目的光芒。千百年来，不知有多少仁人志士从屈原的身上及其诗文中得到了熏陶和启发，将屈原的精神作为追求的信仰、精神的财富。在实现中华民族伟大复兴的过程中，也同样需要这种爱国忧民的情怀。今天过端午节，在享受粽子清香黏糯滋味的同时，你是否想起了先贤不屈的英魂，是否又一次被屈原"可与日月争光"的人格与意志深深打动？

2018 年 6 月 15 日

打 麻 将

麻将，是国粹，流行千载，经久不衰。上世纪八九十年代最为昌盛，有"十亿人民九亿赌，还有一亿在跳舞"的说法。如果要给国粹排行的话，麻将肯定能名列前茅。

麻将的历史可追溯到唐朝。相传发明者为张遂，此人是大名鼎鼎的一行和尚，他编制了一套纸牌，供僧人娱乐之用，麻将形制初备。元末明初，学者万秉超把麻将、马吊牌、骰子和宋代三十二张宣和牌整合为一体。再至清代咸丰年间，宁波人陈政钥有感于纸牌诸多不便，于同治三年（1864）改造马吊纸牌为竹骨麻将，并详细制定游戏规则。此后麻将便普及神州，地不分南北，人不分贵贱，时不分昼夜，注不分大小，爱好者涵盖之广，无过于此。

麻将，它是国人自创的休闲游戏。中国有句老话："小赌怡情，大赌伤身。"如精力财力允许，打麻将是个很好的聚友娱乐方式。四人开战，气氛活跃；洗牌出牌，动手动脑；修身养性，忘记烦恼。尤其是遇到"杠上开花""海底捞月""自摸三家"的激动时刻，它能让人产生兴奋的激素，心肺清爽，胃肠舒畅，大脑、小脑、左脑、右脑得到一次充氧，有效增强细胞的再生能力，不断产生活跃的新鲜细胞，让人变得格外年轻，比不打麻将的人更能延年益寿。因此，它不仅深受市井百姓青睐，就是名人大师也乐此不疲，留下了许多趣闻逸事。

梁启超是麻将的超级爱好者，并有一言："只有读书可以忘记打牌，只有打牌可以忘记读书。"他说的"牌"就是麻将。他提倡趣味主义的人生观，认为"劳作、游戏、学问"都符合趣味主义的条件。他的说法不一定完全正确，但至少是有一些道理的。徐志摩麻将打得最漂亮，他善于临机应变，牌去如飞，不假思索，有如谈笑用兵，十战九胜。张恨水也与麻将有不解之缘，他小说中的人物很多都是麻将高手。一次，他正在打麻将，报馆来人催稿，他左手麻将，右手写稿，麻将、交稿两不误。闻一多年轻时不会玩麻将。留美期间，一次到教授家做客，饭后美国教授拿出麻将提出玩几圈助兴。闻一多连忙解释对麻将一窍不通，甚为窘迫。美国教授根本不相信中国人特别是知识分子还不会打麻将，以为他有意推托。闻一多只好硬着头皮上阵，临时参阅说明书，边看边学边打，一晚上他没和一次，甚感窝囊。此后，他在友人的帮助下，才慢慢学会了打牌，以应付类似的局面。胡适虽然也喜欢打麻将，但水平并不高，经常输牌。相对于胡适的屡战屡败，胡夫人在方城战中，可谓屡战屡胜，这让平生不信鬼神的胡适"小心求证"出"麻将里头有鬼"，亦不失为一趣闻。梁实秋因家教甚严，及至读书，方知世上有麻将这种玩具。有一次他向父亲问起麻将的玩法，梁父正色说："想打麻将吗？到八大胡同去！"吓得他再不敢提"麻将"二字，从此对麻将再无好印象。但梁身边好友如徐志摩等人都是麻将高手，有几次硬被拉上桌，他玩了玩，还是觉得吃力，觉得打牌还不如看牌轻松过瘾。以后好友酣战，他总是作壁上观。老舍特别喜欢打麻将，虽然打牌"回回一败涂地"，但只要有人张罗，他就坐下，常常打到深更半夜。

有这么一句话：中国对世界有三大贡献，一是中医，二是曹雪芹的《红楼梦》，三是麻将牌。可见对麻将评价之高。打麻将中存在哲学，可以了解偶然性与必然性的关系；也存在辩证法。麻将的魔力在于公平性和刺激性。公平性在于，人人牌数均等，机会相当，不存在身份的高低贵贱、大小尊卑之分，每个人的前提都是相同的。刺激性在于，充满了玄机和变数，有时看似"行到水穷处"的艰难无望，却常常遇到"柳暗花明又一村"的瞬间转机。悲喜交集，变化无常，俨如浓缩的人生过程，使人常常在未知的摸索中，体验着运气与智慧。

我是一个业余麻将爱好者。每隔一两周约上几个老朋友老麻友打上几圈也是很惬意的事。朋友中不管上班的还是退休的，每天各有各的事，时间稍长就愿意见见面。如果只是请来喝茶聊天，叫到一块儿也不易。如果说请过来玩麻将，那相聚的可能就大很多。时间就成了海绵里的水、钉木头的钉子，因为自己有兴趣，有内在积极性。打麻将要带"响"有点彩头，如果白磨手也索然无味。是一、二、四块，还是十、二十、四十块？玩多大的大家协商而定，以不能成为心理负担和家庭负

164

担为宜，以轻松快乐为要。和牌说法可多些，仅仅是推倒和也没有意思。如"一条龙""七小对""捉五魁""杠开花""豪华"等等多加一番，"连和三把可上楼"等，有了这些说法，就能发挥牌的优势，调动人的智慧，检验你对牌局的把握，也有斗智斗勇的乐趣。

打麻将一人一个打法，一人一个风格，能看出你为人处事的态度。抓到什么样的牌纯属偶然，是由天不由己的。不能遇到好牌喜形于色，遇到差牌怨天尤人。我们麻友当中有的人应为榜样，他们每次玩牌心态总是平和的，不愠不躁，不管遇到什么牌总是动脑筋把牌组织好、协调好；不动声色地跟上家，防下家，盯对家，做自家；牌顺时以小博大，牌烂时损少止多。今天赢了他就说："老天关照我了。"明天输了就说："总是赢谁还跟你玩呢？"他们看事总是辩证的。牌如人生，麻将里有"东南西北"风，预示着人要经受风风雨雨，而且说不定风来自哪个方向。但无论哪个方向的风，多么猛烈的风，你都要承受。人要经历四季的风霜雨雪，寒来暑往，麻将里有"春夏秋冬"。至于那"条、饼、万"，愚以为则是芸芸众生以及人生百态了。知道这些了，打麻将就能顺势怡情了。

打麻将选择牌友很重要。牌友选择不当，往往不但达不到娱乐的目的，还要生一肚子的闲气，那就不值了。有几种人你是不可以和他一起玩的。一是把输赢看得过重的人。这种人把钱看得比命还重，他不是来娱乐的，而是纯粹冲着你的钱包赢你钱来的。于是乎赢了钱，嬉皮笑脸，小话不断，专挑你不爱听的说，气得你肚子疼；输了钱急赤白脸，摔牌踢桌子，粗话脏话也出来了，你都不明白他是在骂牌呢还是在骂人。二是脾性暴躁的人。这样的人凡事一不顺心就发脾气，脾气上来了连他自己也管不了自己。听说过牌桌上摔碎麻将牌甚至弄断了自己指骨的人。你说这又何必呢？麻将桌上骨折那是不能算工伤的呀！三是不拘小节的人。这种人平常自由散漫惯了，他可以打牌中间脱下袜子剜脚气，可以当着众多女士的面脱个大光膀子展示那一身旋子肉，可以把烟灰弹得满世界都是，高兴劲来了兴许伸长脖子看你手中都有些什么牌，满嘴口臭熏得你直想吐。关键在于你还不能批评他。你要是说他两句，他会把小脖子一扭，一脸的不屑："不就是玩嘛，跟真的一样。"给你个倒憋气。

俗话说行有行规，打麻将也有不成文的牌规，如：按时赴约，不得迟到早退；打几圈牌或打到几点一经商定，一般不得随意缩短或延长；说吃就吃，不得反复无定；叫碰就碰，不得犹豫再三；落地生根，不得悔牌；轻拿慢放，不得摔牌砸桌，等等。打麻将也讲究"入世"和"出世"。上了牌桌，你就得遵守牌理牌规，出牌一丝不苟，算账锱铢必较。麻将桌上无父子，长幼尊卑一律平等，相互尊重，讲文明有修养。亲兄弟明算账，该多少当面点清，不拖不欠。试想，你输了钱，总是找理由不给人家，一而再再而三地这样，这麻将还有什么玩头？但是下了牌桌，你却必须能够跳得出来。不管刚才在牌桌上双方争得如何面红耳赤，甚至有些不愉快，下了牌桌，这些不愉快便必须忘掉，和好如初，这才叫懂得了麻坛个中三昧。

岁月可以洗白忧伤往事，时光可以磨亮青春年华，个人爱好也改变着我们的心性和容颜。没有兴趣爱好的生活如同一潭死水，激不起半点涟漪。陶行知说"人生天地间，各自有禀赋"，有的爱花鸟鱼虫，有的爱棋琴书画，也有的人爱打打麻将，等等，都可怡情养性，如深宵看竹，乐在其中。

2020 年 6 月 19 日

饭　　碗

天上一颗星，地上一个丁；地上多一个丁，人间多个饭碗。

人，生来就端着一个朝天的空碗，向这个社会讨要生计。岁月在你的碗里添加什么，是你想要的还是不想要的，靠的是端饭碗的人。

饭碗，等同于你的生命和价值。端起饭碗，就端起了人生的岁月。

我们中华民族对饭碗看得很重，对它有着独特理解。它既是实实在在的那个有形有状的饭碗，又是形而上的那个无形无状的饭碗。你穷困潦倒时便说"连个饭碗都没混上"，荣华富贵时便说"成天端着饭碗吃香喝辣的"，如成才成名了便说"一辈子的铁饭碗有了"，一旦身败名裂便说"把自己的饭碗给砸了"。有时不小心碗掉在地上摔碎了，家人赶紧口中念念有词："岁岁（碎碎）平安，岁岁平安。"足见饭碗在人们心中的分量。饭碗盛着一个社会、一个家庭、一个人的兴衰荣辱。

改革开放前，乡下的饭碗多是敞口的泥陶碗、粗瓷碗，多数人家一人一个，很少有多余的。碗里盛着粗茶淡饭、清汤寡水。那个年代一天能端着碗吃上三顿饭就已很好了。那时四邻八家就像一个大家庭。每天早饭时，乡亲们特别是男人们端着盛着半菜半粮的饭碗到左邻右舍边吃边聊，更多则是走到当街坐在临街的门墩上或是蹲在墙根下，几个人甚至十几个人聚在一起，形成吃饭阵容，你看看我碗里盛的什么，我看看你碗里盛的什么。如果谁的碗里经常是小米或玉米红薯粥，那是让人非常羡慕的，感到这家会过日子，是富有的。有时你从我的碗里夹筷子菜，我从你手里掰半个玉米或高粱饼子吃，是常见之事，表现的是乡亲邻里的和谐，从不拒之。随着时代发展，人们生活富裕了，现在人们饭碗里盛的更丰美可餐了，反而各家各户把屋门慢慢都关上了，鸡犬相闻，却少有往来了。昔日乡亲们热热闹闹的吃饭场面再也不见了。手中饭碗，反映着社会生活状况和人与人之间的相互关系。

　　碗是不说话的，但它记录着人生的沧桑，感受着人间的冷暖与悲凉。空碗朝上的日子是辛酸的，是屈辱的。就像身穿棉絮四飞的棉裤棉袄且用旧布条做抽腰带的人，挺不直的腰杆，说不硬的话语。那只碗，有时是破的，豁着口子裂着璺，已装不住人的体面；有时是那么脏，挑剔不得生活的泥沙。有时候为了一碗饭，把碗举过了头顶，超过了尊严，让人讥讽、侮辱、戏弄；有时候窘迫得连一个破碗都没了，寻一个破瓢、破瓦罐做碗。没有了饭碗的人，"穷居闹市无人问"，形单影只，举目无亲，随时都会被风吹走，被一片尘埃湮没。如果粗瓷碗中的糠菜换成肉菜，人立刻就飘飘然，说话声音也大了，腰板也挺直了。假如换成了绣花细瓷碗，里面盛着山珍海味，那一定是门庭若市，大山深处的远亲也来了。

不管是细瓷还是泥陶的碗，每个碗都盛着一个人的才智、品行、宿命。我小时候，见过一位行乞老者，衣衫褴褛，蓬头垢面，身上散发着酸臭气，一手拄着拐杖，一手拿着讨饭的碗。每到一家，人们总是不想多看他一眼的样子，把残羹剩饭尽快倒到他碗里好让他早些离开。有一次讨到张先生家，据说张先生在国民党部队当过大官，是个见过世面的人，在村里是最有文化的人。行乞者一进院，张先生就发现他手中的碗不一般，于是借来认真一瞧，惊讶地对行乞者说道："这碗是宋朝时期的青白瓷碗，非常难得的珍品，你这是在端着金碗要饭。""我也不管是哪朝哪代的，反正不用它要饭就饿着。"说罢，行乞者不以为然地扭身就往外走，毫不迟疑地又到下家要饭去了。张先生看着他远去的背影，不解地摇着头。

人，要端碗，更要懂碗。当空碗朝天时，要抚摸着碗，安慰着碗，扪心自问，在春天里我怎么没有去耕种？地里长满庄稼的时候我怎么没去收割？别人在没日没夜地努力时，我在做什么？郑板桥老先生早就说，流自己的汗，吃自己的饭。我流汗了吗？碗，本该放在家中供一天三餐之用，可为什么跟着我四处流浪，居无定所，还空碗朝天呢？也有人一辈子把自己牢牢地拴在了庄稼地里，春夏秋冬忙碌劳累，虽没有到处讨要，但手里的饭碗依然摇摇晃晃，依然清汤寡水，原因在哪儿？碗是不知道，你是否知道？

碗，取土百揉而制，聚火百炼而成。在揉制和高温中赋予了它灵魂和记忆。碗中的汤汤水水映照着人的境况。端这只碗的如果是一个拥有梦想和激情的奋斗者，他不但能看到碗中物，还能深知碗中物是用汗水淘洗出来的，能思一粥一饭来之不易；还能从碗里看到"断齑划粥"的范仲淹，看到忍辱奋进的韩信，看到从贫寒中走出来的英雄豪杰，深知嚼得菜根百事可做的道理。放下饭碗就能一锄一镐为一个梦想去耕耘。这只碗，如果在一个庸惰者手里，碗也是凄凉的，终日盛得半碗残羹冷炙。他梳理不出碗的走向，不懂碗的哀怨，不去奋斗与拼搏来满足碗的需要，即使端上"铁饭碗"也觉得是沉重费力的，不愿或没有本事端起它，也是对饭碗的亵渎和浪费，最后还是空碗朝天。这些人有时还用阿Q的精神胜利法自慰："大雪纷纷落，我住柴火垛，看你们穷人怎么过！"真让人哀其不幸，又叫人暗自发笑。

人的一生离不开饭碗，饭碗也见证了人的一生。它跟随着人经历风风雨雨，尝遍酸甜苦辣，给予人营养和力量。当一个人走完了世间之路，归于尘土，饭碗仍护佑着我们，护佑着奋斗奉献过的人们。

2018 年 9 月 19 日

171

酒　　局

我们中国人饮酒，历史久远。发明酒者，一说是仪狄，一说是杜康。仪狄是夏朝人，杜康是周朝人，相距很远，总之是无可稽考。也许制作的原料不同，方法不同，所以仪狄的酒未必就是杜康的酒。如果从杜康造酒的周朝算起，也有两千五百多年的造酒历史了。据国家统计局数据显示，以 2017 年为例，全国酿酒行业规模以上企业酿酒总产量七千零七十七万吨。造酒历史之长，产量之大，说明酒局多且经久不衰。古希腊哲学家德谟克利特说："人生没有宴饮，就像长途没有旅店一样。"可见，酒局是人生的驿站。

酒局，不同于一两个人在路边小饭馆要上两三个小菜，小酌几口，那样无拘无束的随便。酒局人数相对多些，至少四人以上才叫局。既然是局，就有了约定俗成的规矩和讲究，有一种仪式感和程式化，参加酒局时只有遵守了才受欢迎。

现在的城市都拥堵，除非你是桌上最大的老板，否则就别迟到。中国是个礼仪之邦，一般都会等人齐了才开局，十几个人等你一个，等得越久，就越讨厌你，这样的事儿多了，干脆就不叫你。千万不要玩"狼来了"，明明三十分钟才能到，可能还根本没出门，就说马上到。这若干个"马上到"加起来，就再也没人信你了。东道主应该是第一个到场，其他人既不能去太早，也不能比上级来得晚。宁可提前到饭店玩手机，比约定时间早五六分钟进场，也不要姗姗来迟让所有人都站起来欢迎你的到来。

酒局是要轮流坐庄的。有时遇到一种人，谁请客都积极参加，但他从不请客或买单。当然，有两种人永远不用买单：上级和被求之人。一般原则是：轮流坐庄，谁攒局谁买单。在谁的地盘上谁买单，不然这个圈子不如第一次就 AA 制，总不能老是让某个人或某几个人掏钱，你永远是个被请者。

谁做东，谁安排座次。在中国吃饭，请不要当第一个坐到桌上的人。如果你位尊权重，如果你是长辈、是领导、是甲方，别人自然是把主位让给你，即便如此，也得在东道主请求下方可入座。其他人服从主人安排便是。有时候你不知道来宾之间是什么关系，不明情况就硬是插在夫妻、情侣之间坐下，那你就看脸色吃饭了。

酒局大体可分为几个阶段：第一阶段，大家落座后，东道主介绍来宾，有尊贵的客人时可按职务高低、辈分大小介绍，如果多是常见朋友，顺时针介绍即可。东道主讲明攒局用意，再领酒三杯，来者都饮，作为"共同科目"，以示相互平等和尊重。第二阶段是自由动议，这个过程是生动的和实质性的，很多事情就是这个阶段办成的。相互敬酒人人见面，老相识问好叙旧，新朋友留电话、加微信。请谁帮忙或遇到知己，拉到一边私语密谈，喝多喝少俩人商定。如几个老战友、老同学、老同事久不见面，个个热血奔腾豪情满怀，便约到一起，一手拿酒瓶一手端酒杯，你一杯我一杯喝个痛快。如果这个阶段有谁只是坐着，等别人来敬他才喝一点，从不主动走到别人跟前敬酒，那他肯定就寂寞和尴尬了。大家喝差不多了便回到自己座位上，接下来就开始讲故事讲段子，纵论天下大事，大谈古今中外，你讲风流韵事，我讲奇人趣闻，以让大家笑得前仰后合流出泪来为最佳，当然也有人用庄谐杂糅的语言讲的故事让你沉思、让你长知识。这个过程中也穿插某人提议敬大家或大家敬某人的节目。总之，这个阶段是高潮。第三阶段请领导、长辈或主要被请人讲话，往往是带总结性的，讲些感谢东道主的精心安排，请来的人、安排的饭店、点的酒菜都很好之类的话，然后提议同起干杯，宣布到此结束。散局，各奔东西。

酒局中往往是谁买单，谁就有话语权。如果你只是一个列席的食客，不要喧宾夺主，说话比主人还多。除非你是小品相声说唱演员或节目主持人什么的，而别人也希望听你来一段，除此之外，就是多听听别人怎么说，你如果不服，先把钱包拿出来把单买了，回来再讲话就理直气壮了。请客者花了钱自己又顾不上吃，你还和人家抢着说话，有没有天理了？别人端杯你端杯，别人干了你也要干了，即使真不胜酒力也要喝一点；别人站起来你就站起来，长辈、领导、主宾敬酒一圈后你再敬；别人安静你也安静。你要明白，凡是酒局，都一定是有组织有目的有主有次的活动。

夹菜这种事情，要慎重处理，酒局开始时，一定要用公筷、公勺给左右两侧的朋友夹些菜，以示对人的尊敬。现在人们更讲文明用餐、卫生用餐了，千万不能再用口水筷子给人夹菜，特别是遇到女士更是不行，她可能委婉地说自己在减肥，把硬塞过来的东西放在碟里不吃。人们生活水平提高了，什么都吃过，不像困难时期家里打个牙祭生怕客人没吃好，一阵乱夹。

酒局上多听别人讲，多为别人点赞，多欣赏别人长处，多说"过年"的话。人有一善，口角春风。不揭别人的短处，不能把私下的恩恩怨怨带到酒局中，甚至吵闹起来，败了大家的酒兴。如果你觉得看谁不舒服，那就不看他，多看你看着舒服的人。身边坐有异性，搞清楚和桌上谁是什么关系之后再说话，不然会有麻烦。桌上有大老板在，就别谈自己的小生意，就算你是大老板，也得看桌上有没有上级和更大的老板再吹牛。你得知道，这是别人的酒局，你不能思接千载、豪兴遄飞地说起来没完没了，周围坐的不是你的下属和员工。

保守秘密很重要。也许你会发现朋友的老婆也被邀请来吃饭，并且和某总很熟的样子；也许你会发现上级在酒桌上喝多了称兄道弟，和你说些你不该知道的秘密；再或者在某个高级会所见过面，你不能轻佻地过去打招呼揭老底；再或者是某熟人带一异性出场，你都必须保持缄默，否则，你就是来搅局的。

劝酒也要把握分寸，等级不够就没资格劝酒，只能是敬酒。劝酒都是在熟人和同级别的人之间，你一小跑龙套的逼着上级干了，就不合适了。记住要给每个人礼节性地敬一次酒，称呼对方时最好把级别扩大个一二级，比如副处长可称作处长、巡视员呼作局长等，如见过一面就能记住对方姓名和职务为最佳。开车的、滴酒不沾的、酒量小的以及女士说不喝的，你就不能劝个没完。消除尴尬的方法只有一个——"我干了，您随意"。

点菜和买单都需要智慧。别人请客，你别点菜，真要让你点，就问问服务员有什么特色菜，挑个便宜的点了，然后让给女士或东道主。做东请客，务必得有一两道印象深刻的"狠菜"，免得别人说菜档次不高，没可吃的。是你买单，就找机会趁早把单买了，以便酒局散后腾出时间送各位宾朋打道回府。

酒是人类精神文明与物质文明相结合的产物。从古至今，酒始终是作为人的内心世界与外部世界联系的特殊介质。酒局喝酒，说到底喝的并不只是酒，还是一种氛围、一种感情、一种需求、一种背后的故事。选择饭店，确定人员，喝什么样的酒，喝完之后安排什么活动……这些事都不是小事，如果安排不妥当，就会事倍功半，花钱搭工夫还不落好。比如对饭店的选择，主宾喜欢吃哪一口必须要掌握，或者征求一下意见，显出诚意，让吃者愉快，如果请的人对海鲜过敏，你定了海鲜饭店，估计人家会找借口推了。再就是请了主宾平时不感兴趣甚至有过节的人，这就比较尴尬了，气氛不融洽，酒也喝不起兴致。

酒局上不能只盯着主要客人，方方面面的客人都要照顾到，既突出重点，又不能厚此薄彼，否则，让人看着不舒服。前不久，参加酒局，东道主刚领完第一杯酒（一般要领三杯酒），有一人就积极地站起来要敬某领导酒，这时大家都不约而同地用不解的眼光齐刷刷看着他。他这样做就不符合酒局的一般规则了，使人觉得他身上还是缺少了点什么。

认识人最快是在酒局，且喝且吃且珍惜。

2017 年 10 月 29 日

筷　　子

　　筷子，亦称"箸"，竹者也，它的来历说法不一。有一种说法是，大禹治水时风餐露宿，常在野外烧饭进食。饭烧熟，想赶紧吃完饭去治水，用手抓饭时太烫，大禹就折下两根树枝来夹取食物，这样吃饭又便利又快，于是人们就将这树枝称为"快"。后来发现竹子比树枝更耐用，竹子就代替了树枝。为区别快慢的"快"，又在"快"字上面加个竹字头，"筷"字便诞生了，而"筷子"也从此有了正式名分。

　　恰巧，今晨读巴金先生散文《1934年10月10日在上海》，文中有一情节：一西方水手在上海上岸后，看到中国的情形后便讥笑道："那些黄皮肤的野蛮人，吃饭不用刀叉，喝茶不放糖，说话就像吵闹，像猪一样生活在污秽里。"这位水手有所不知，筷子是中国祖先一大发明，已沿用四千多年，比西方用刀叉吃饭的历史久远得多。刀叉是冶金术成熟以后才有的用具，而冶金术是十五世纪才发明的。当中国人早已用筷子吃饭的时候，西方人还在野蛮地用手抓饭呢！在我国，筷子不仅仅是餐具，更凝结了许多前人智慧。在历史的长河中，祖祖辈辈又赋予了它丰富的象征意义和文化内涵。它演绎人生，指点江山，以箸喻人，哲思开悟，让人们在一日三餐端碗举筷时，睹筷生意，引导意念与言行。

相传，汉高祖刘邦曾被项羽困于荥阳，处境危急。一日，他在帐中一面吃饭，一面想着用"分封六国后裔以削楚"的办法摆脱目前困境。这时张良赶到，得知此事后十分着急，便拿过刘邦手中的筷子，边指指点点边为其权衡利害，出谋划策，分析"分封六国后裔以削楚"的危害。刘邦听后恍然大悟，从其计。张良用筷子指点江山，挽救了刘邦大业，成就了汉王朝，留下"张良借箸划策，救汉王于水火"的佳话，可见这筷子的分量。还有一位古人——李白刚要夹菜，突然"停杯投箸不能食，拔剑四顾心茫然"，想象当时诗仙是何等的郁闷，不知何处安身，发出"行路难，行路难"的感叹，心烦地停杯投箸。看来筷子还有帮人消气励志的功能。然后他接着发出了充满信心的强音："长风破浪会有时，直挂云帆济沧海。"明代诗人程良规《咏竹箸》诗云："殷勤问竹箸，甘苦尔先尝。滋味他人好，尔空来去忙。"生动地描述了筷子为满足人的口腹之欲而忙碌的情景。据传，国人由拿筷子吃饭而习惯执毛笔写字，西方人由执刀叉吃饭而拿钢笔写字，可见筷子影响之深远。

筷子七寸六分长，寓意人的七情六欲。七情六欲是人之本能，是人生的重大课题，是驱动人奔波忙碌的内在因素。没有了七情六欲，人就如同行尸走肉，没了灵魂。愚认为，七情六欲中占主导的是酒、色、气、财。宋朝和尚佛印有诗云："酒色气财四堵墙，人人都在里边藏。若是谁能跳过去，不是神仙

179

也寿长。"怎样跳过去这"四堵墙"呢？我们的先人是很有智慧的，不但重视以文化人，还重视以物化人。把筷子制作成七寸六分，让人每日三餐时，看到筷子就警示自己，在七情六欲方面做得如何。以筷子为托物，进行形象化的随机教育，让人懂得取舍、克制、坚守，成就幸福人生。曾国藩说："自律者出众，放纵者出局。"纤细的筷子寓含着深意。

筷子上方下圆。从实用角度讲，上面"方"，是为了捏在指间不打滑，拿着稳当；下面"圆"，是因为食物状态各种各样，夹取食物灵活方便。从寓意方面讲，上方下圆，象征做人处事的原则。智者，方圆有度。方，做人要方方正正，坚守做人的底线。圆，处理问题要灵活机动，不拘泥呆板。太方或太圆都是不会有真正朋友的。谁也不愿意和浑身都是棱角的人在一起，让人感到不舒服，心容易受到伤害；同样，和太圆滑的人在一起，心里也不踏实，太圆滑的人老于世故，说的和做的好多时候不在一条道上，说不定什么时间还给你"温柔一刀"。做人还应像筷子一样有方有圆的好。

筷子是两根，称呼却是一双。在餐厅里呼唤服务生"拿一双筷子吧"，那肯定是中国人；如果说"拿两根筷子吧"，那可能是外国人。为什么明明是两根筷子，却叫一双筷子呢？这是中国人的哲学，如同对新婚夫妇称"一对新人"而不能称作"两个新人"一样。一中含二，合二为一，你中有我，我中有你。好得像一个人似的，但又各自是独立的人。夫妻俩过日子也像一双筷子，谁也离不开谁，相互依存，相互支撑，焦离不开孟，孟离不开焦。共同品尝生活的酸甜苦辣和美味佳肴，谁离开谁也夹不到食物，各受饿饥。

我国自古以来就重视家规家教。《周礼》记载："子能食食，教以右手。"人稍省事，父母就教我们怎样用筷子，讲动用筷子的规矩和寓意。让我们懂得筷子不仅是夹食果腹之物，还是传递感情、体现教养之物。父母经常说："一支筷子很容易被撅折，两支、三支、四支甚至更多筷子捆在一起，就撅不折了。一家人也一样，一个人的力量是有限的，只要一家人都紧紧地团结在一起，别七出来八进去的，就没有克服不了的困难，没有渡不过的难关。"父母的话是直白朴实的，但细细想来，是有深刻道理的。送新婚夫妻礼物，有送筷子的习俗，希冀永远出双入对，幸福美满。筷子筷子，还有快快生子之意。古时有"置箸思亲"的说法，在缺席者的酒杯或饭碗旁置筷为念。我记得小时候在农村，邻里之间走动很多，关系多融洽。偶有人光顾家中，不在乎吃什么、喝什么，就添双筷子，不用多言，不用寒暄，举杯执箸，相互敬酒夹菜，一切自在融洽。当然，现在相互夹菜要用公筷，讲究卫生。有广告词："公筷公筷，筷筷有爱。"餐桌上还有些规矩：领导、长辈、尊贵客人没有动筷子之前，其他人是不能动的，以示尊重和有礼貌；筷子不能立插在饭碗中间，据说不吉利；不能用筷子敲盆敲碗，有乞丐之嫌；吃饭时不能咬筷子或是用筷子指着人说话等等。这些规矩今天用来也不过时。

2021 年 11 月 2 日

家家都有本难念的经

前几天，我给一位久不联系的朋友打电话，问在忙啥，他说一个人在逛公园。我又问怎么有闲情雅兴逛公园呢，他说："最近烦透了，憋闷得慌，一会儿也不想在家待着，出来透透气。"我问何故，他说："都是自己家里的事。家里的事是不愿跟外人说的，说了叫人笑话。咱俩不一般关系，跟你说说也好，心里还能痛快些。爱人因颈椎病闹得整天头晕，做日常家务都受影响。买菜、做饭、搞卫生、接送小孙子上下学都是我的事。岳母年事已高且长年住在我家，需要照顾。最近，儿子的岳父得了重病，也从农村老家直奔我这儿住下，要在北京看病。他家的人把他送来就都走了，什么也不管了。"我说："儿子岳父的事就让儿子、儿媳去管。""唉，那俩人天天忙得不着家，便成了我的事，天天跑医院，不但搭工夫还得搭钱。特别晚上睡觉，不到一百一十平米的屋子，床上、沙发上、地板上睡的都是人，大夏天的光着露着又多，生活十分不便。我跟爱人商量让岳母去内弟家小住几日，内弟却不表态，岳母态度倒明确，坚决不去！不去看儿媳天天拉长了的脸。我真是有苦难言啊！谁也说不得，撑不得，还得笑脸相陪。"我听着他边说边叹着长气，满肚苦衷要倾诉……

事也凑巧，第二天我到公园去晨练，一棵槐树下站着两个人，像是母子，都低着头，表情凝重。我路过此处时，听到母亲说："你管管你那媳妇，有她那么说话的吗？我整天累死累活地给你们看孩子、做饭，还得受她的气！"儿子说："您让我怎么说她呢，您不说那些话，她能说那些话吗？不都是话赶话赶的吗？"我听过后心想，真是家家都有本难念的经啊！

"家家都有本难念的经"，是老辈人留下来的一句话，是对祖祖辈辈家庭生活的精辟概括，上自皇亲贵族，下至黎民百姓，家家如此，概莫能外。有为钱财的，有为功名的，有为老人的，有为儿女的，有为街坊邻居的，有为亲戚朋友的，等等。南宋诗人方岳有诗："不如意事常八九，可与语人无二三。"这"不如意事"就是那本"难念的经"。就说封建社会的皇帝，他们君临天下，"率土之滨，莫非王臣"，可以为所欲为，杀人灭族，小事一件，按理说，他们不应该有什么"难念的经"。然而，实际上，王位继承、宫廷争斗，比民间"难念的经"更多更难念。慈禧把皇帝宝座交给她侄子光绪来坐，她应该称心了吧？事实上也不是那回事。中日甲午战争，光绪帝主战，慈禧主和；实行"戊戌变法"，慈禧太后又极力反对，矛盾不可调和。光绪帝打算依靠袁世凯牵制打压慈禧太后，反被袁世凯出卖。结果慈禧太后发动宫廷政变，以罹病不能理事为由将光绪帝幽禁起来。后又命人将香山的两块"母子石"移来放在玉澜堂门两侧，示意光绪帝，顽石尚有母子之情，而你却忘恩负义，不及顽石。由此可见，他们之间的政治斗争是残酷无情的，想置光绪帝于死地，但他们的骨肉之情又是怎么也挥之不去的，"残酷无情"和"骨肉之情"纠缠在一起，让慈禧老佛爷伤透了脑筋，这也是皇帝家的难念之经。

再说鲁迅家的难念之经。周树人（鲁迅）、周作人、周建人三兄弟，在中国文化史上有着独特的地位。但其家庭内部关系并不融洽，乃至兄弟大打出手，夫妻反目成仇，儿子对父亲刀刃以向。

鲁迅作为这个大家庭的家长，也没有把处理家庭内部关系的这本经念好，甚至可以说是失败的。兄弟三人原本住在一起，1919年，周家卖掉绍兴老宅，花三千元在北京八道湾购置了一套四合院。三兄弟一起移居八道湾，约定誓死不离。

岁月在宁静中流逝，家庭矛盾也在宁静中酝酿。

鲁迅和周作人的关系恶化之深，到了老死不相往来的地步，不仅多次恶语相向，甚至大打出手。周作人给鲁迅写便笺，不再称呼其为兄长，而是直呼"鲁迅先生"，谓"蔷薇的梦是虚幻的，现在所见才是真的人生"，要求鲁迅以后"没别的事，别再到我的院子里来"。以至于鲁迅和周作人的葬礼，双方家属都没有出席。周建人和两个兄长的关系也不谐，和周作人更少来往。

周氏家庭的撕裂与其他中国家庭并无不同，初始的核心矛盾，就是一个"钱"字。当然，也与特殊时代背景和家庭成员的组成有关，鲁迅的两个弟媳都是日本人。

鲁迅作为著名文学家、思想家、教育家，被毛主席赞为"鲁迅的方向，就是中华民族新文化的方向"，这样的人物尚且不能把家这本经念好，可见其难念程度。

但也有能念好的。唐朝有个叫张公艺的大官，九世同居，家庭和睦，美名远扬，一直传到了皇帝的耳中。皇帝赞他治家有道，问他道在何处，他一口气写了一百个"忍"字。这说得非常清楚：家庭中要互相容忍，才能和谐。这个故事非常有名。在旧社会，新年贴春联，只要门楣上写着"百忍家声"，就知道这一家一定姓张。中国姓张的全以容忍为荣。忍得一时之气，省得百日之灾。多少家庭矛盾甚至灾难不是在"针尖对麦芒"互不容忍中发生的呢？电视剧《康熙王朝》的主题歌中有段歌词我很赞同："大男人不好做，再辛苦也不说，躺下自己把忧伤抚摸……"康熙皇帝尚能以此为信条，我们为何不向人家学习呢？

人就是生活在一个充满着矛盾的世界里，哪有勺子不碰锅沿的？每个人的脾气性格不一样，兴趣爱好不一样，涵养认知不一样，信仰追求不一样。而且人是活人，喜怒哀乐，时有突变情况，特别在亲人面前更容易表现出来，有时为一芝麻绿豆大的小事，也会意见相左，处理不当，也会产生龃龉。天天耳鬓厮磨，谁也不敢保证这种情况不会发生。如再遇上不明事理、蛮横自私之人，那就更考验人的智慧和涵养了。我们的往圣先贤大都教导我们忍。民间谚语中，也有不少忍的内容，教人忍让，有的说法看似消极，实则有积极意义。忍，不是弱，是容，是收，是含。

念好家里这本经还得动之以情。中国传统文化中有两个重要因素：血缘、情理。林语堂说，中国文化有一个攻之不破的堡垒，就是中国人的家，它是人的价值源头，是人的归宿，是人生命的根，生命的根就是血缘。这血缘让你中有我，我中有你，血脉骨肉相连，遇事先说情再讲理，实在没办法才"绳之以法"。血缘、家庭的逻辑就是情的逻辑。我们现在生活在一个理性时代，什么都讲理性，实际上是现代文明的一个误区，人类文明不是建立在理性基础上的，而是建立在非理性基础上的，理性的源头是非理性。一个家庭讲理性可能就产生悲剧，非理性反倒和谐，即有情无理。《论语》有一句话，"父为子隐，子为父隐，直在其中"，一个家庭就在这亲亲的互隐中营造着和睦氛围。为什么有谚语"公说公有理，婆说婆有理""清官难断家务事"呢？我认为就是有"情"和非理性的东西在里边。由此，家中好多事不能太较真，遇事不必非争个谁有理谁无理不可。

我国著名语言学家季羡林先生，曾多次看过敦煌壁画上的西方净土。他总结道：所谓"净土"，指的就是我们常说的天堂、乐园，是许多宗教信徒烧香念佛、查经祷告，甚至实行苦行，折磨自己，梦寐以求到达的地方。据说在那里可以享受天福，得到人间万万得不到的快乐。我看壁画上的街道、房子、树木、花草，以及大人、孩子，林林总总，觉得十分热闹。可我觉得没有什么出奇之处。只有一件事给我留下了永不磨灭的印象，那就是，那里的人们都是笑口常开，没有一个人愁眉苦脸，他们的日子大概过得都很惬意。看来有个乐观向上、豁达阳光的心态很重要。凡事一说，即落言筌。别指望"事事顺心，万事如意"，这只是过年过节送人的祝福客气话而已，别太当真。浙江杭州灵隐寺内有这样一副对联："人生哪能多如意，万事只求半称心。"对联语言朴实，却富含哲理。这种"半称心"的生活和知足常乐、随遇而安的心态，被林语堂先

186

生称为"中国人所发现的最健全的生活理想"。

总之，"家家都有本难念的经"，这是一个"平凡的真理"，但是真能懂得了其中的含义益处多多，对己、对人都有好处。对己，可以平和心态；对人，可以相互谅解。这会大大地有利于家庭的安定团结。

2021 年 8 月 16 日

你没穷过，所以你不懂

　　七岁的小外孙一边吃着叫外卖送来的"和合谷"，一边问我："姥爷，你小的时候吃过'和合谷'吗？"我说："没吃过。""那你们吃什么呢？"他又问道。我想法一闪，正好趁这个机会搞个"忆苦思甜"教育吧。我说道："姥爷出生在好几十年前的农村，正赶上'大跃进'和'三年困难时期'，家家户户都非常贫穷，很难填饱肚子。能喝上山药（红薯）粥，吃上玉米或高粱糁饼子就非常不错了。一年也吃不上三顿五顿的肉。在春季青黄不接时粮食不够吃，还要吃榆树叶、苜蓿芽、苣苣菜等充饥，还时常有断顿没饭吃的情况。如看到谁家吃好吃的就馋得流口水。"他又好奇地问："为什么不到超市去买呀？"我回答："那时既没有超市也没有钱呀。"

　　我说的这些，他很多是听不懂的，但一个概念他有了，知道我小时在农村长大，家里很穷，穷得什么也没有，什么也买不起。以至于后来每当买来"肯德基"食品、"乐高"拼插机器人、"耐克"运动鞋、智能点读笔，甚至一个卷笔刀，都得意地跑到我面前显摆一下，故意问我："你小时候有这个吗？"

我微笑着摇摇头，示意没有过。这时他可爱的小脸上流露出很自豪的样子。他不会知道穷滋味的，他有的是童真、童趣。这是时代和年龄的悬殊差距。

当我们只是看到或听说什么事情时，很难对这个事情有深切的感受。只有亲身经历过的事情才能感同身受，有深刻的理解。没有受过穷的人，是不会知道穷的滋味的。对辛苦挣钱、用身体健康赚钱，甚至用生命换钱的人包括自己的父母和亲人，也不会有更多的理解、怜悯、同情和尊重之心。

去年八月有一条新闻。公交车即将启动，司机发现车尾有一位乘客跌跌撞撞想上车，摔倒了，又爬起，爬起来走了几步，又险些摔倒在地，在好心人的搀扶下，才跟跟跄跄上了公交车。大姐上车后边走边说："谢谢各位，对不起大家。我要去上班，不去就要扣掉三百块钱全勤奖。"大姐落座后，跟旁边的乘客说："我上完夜班后感到身体不适，就到医院打针，刚打完针又要赶着去上班。为了三百元全勤奖，没想到却差点出事。"

新闻一出，很快就上了热搜，有网友感慨落泪。但也有不少这样的言论："真是要钱不要命，不就是三百块钱吗？命都不要了？""这就是穷人，目光短浅，为了三百块钱连命都能拼掉。"

看到这些言论，不能怪他们无知，只能说他们没穷过，不懂穷人的事。为了几百块钱拼尽全力，并不是他们眼中的"傻""要钱不要命"，而是以自己卑微的生命当赌注，去抗衡生活的苦难和沉重。

春节的北京，寒风刺骨。在一个建筑工地里，有位父亲为了多挣些钱，在其他工友回家过年时，他强烈要求留下看守工地。空旷阒静的工地，没有年的味道，没有人与他相伴。晚上，只有几只电灯泡无精打采地亮着，偌大的工地也只有这电灯和他是有温度的。他睡在四面漏风的工棚里，天天吃馒头、咸菜，喝白开水度过新年，舍不得多花一分钱。他的妻子去世了，年迈的父母常年有病，已失去劳动能力，儿子在外地上学，家中所有的花销就靠他微薄的收入来支撑。春节放假对他来说，不是件值得高兴的事，因为那些天没有工钱，挣不到钱最让他着急和苦恼。

刚刚把上个月挣的钱让同在一起干活的亲戚捎回家。谈到儿子，他落泪了。他说："儿子期末在班级考试得了第二名。"刚说一句话就哽咽了，用手擦了一下眼泪，又说："我受多少苦都不怕，一定要供着儿子好好读书，不能像我这样，一定要摆脱贫穷。"说到这里又掉泪了。

你说他这眼泪从何而来？是谈到儿子的成绩喜极而泣？是受尽苦难而悲伤落泪？还是对命运的喟叹和对上苍的吁求？

儿子怎样呢？但愿他是个勤奋好学、勤俭节约的孩子，能懂得父亲的不易，应知自己花的每一分钱里都渗透着父亲辛酸的泪水，充满着一个父亲对儿子无尽的期望。

还有一个事例：2019 年的最后一个月，四十八岁的他选择了自杀，因为十万元的手术费。

他常年在外打工，因为身体不舒服，才回家看病。结果被医院诊断是冠心病，病情较为严重。术前检查听医生说要花十万块钱治疗费。十万块钱对他来说就是个天文数字，是掏不出的，他害怕花钱拖累家人，想用死的方式减去家中负担，便悄无声息地走出家门。家人苦寻数天后，终于找到他，但人已离世，只留下一份写给家人的遗书。

为十万块钱就毅然决然地选择了离开这个世界，有种让人说不出的心酸，绝不可这样自寻短见。但有谁能懂得他那一刻心中的滋味呢？有些人，光是活着就已用尽了所有气力，是没有资格生病的。生活受困于"穷"，生命也止步于"穷"。穷是万恶之源。

她，大学教授，刚退休，就到女儿家多住了些日子。回来后对我讲：看到孩子富足、前卫、潮流的生活，很羡慕。但是，就是有那么点我想不通，现在的年轻人为什么如此地不心疼钱财，过度消费，浪费惊人？他们没有受过穷，不懂一粥一饭、半丝半缕来之不易，物力维艰。而我们老人们为什么还努力地节衣缩食"接济"人家？

他们的化妆品有多少，随意买，经常买，以至于一堆一堆的，过期了也不知道，而后扔掉……他们的衣服，自从组织新家庭，就没有带来以前的旧衣服，全是新买的……小孩的衣服不知买过多少，多数是名牌，几乎天天有快递。很多新衣服还没穿过，就小得不能穿了，就得淘汰……他们的零食，五花八门，来自五湖四海。一袋袋、一瓶瓶、一盒盒，随意一款就是一袋白面或一桶麻油的钱。冰箱里应有尽有，却经常去饭店。他们的工资，挣多少也是月月光。

我们至今节俭，脑子里想的仍是能省则省，不多花一分冤枉钱。买打折的，买低廉的，买一口口儿孙想吃的，攒下钱，悄无声息地补贴给儿孙们。

我们给人家的是当地的商品，而人家想的却是外地的商

191

品；好不容易去外地给人家带了礼物，人家却又说喜欢国际的。

我们奉为稀罕的食物，给孩子们带去后，至今还在那搁着、晾着，根本不屑一顾。我看到孩子们随意丢在沙发上、灶台旁或扔到垃圾桶的巧克力呀、糕点呀、饮料呀，脑子里就出现一大块猪肉、各种米面、各种蔬菜水果……

我对女儿说："你们浪费太严重了，过度消费，要勤俭节约过日子。"女儿却说："不能让我的孩子过那'勤俭节约'的日子了，孩子吃的、穿的、用的、玩的，想要就买。别人家孩子有的我们也要有。为什么要节俭呢？"我又说："你看现在还有不少家庭穷得看不起病，孩子上不起学，身为父母的多焦心呀！你应该感受穷的滋味，让你有时想到无有时。""我为什么要感受穷的滋味呢？他穷是他的事，那是他没本事，跟我没有一毛钱关系。我该怎样过是我自己的事，跟他也同样没有丝毫关系。"我耐着性子非常不赞成地听着，心想：年轻人勤俭节约、关爱他人的观念如此淡薄与冷漠，真是我们教育的缺失啊，我教了一辈子书，自己的孩子竟然也这样认识问题，真感到惭愧！

人人都是向往财富，追求幸福的。现在的年轻人没有受过穷，我们也不愿意让他们再过贫穷的日子，而是让他们懂得要珍惜钱财，不能暴殄天物、过度消费，不能有盲目攀比和补偿心理。生活中的淡淡苦味也是有营养的。齐白石一生喜欢画白菜，曾在自己的大白菜画作上题："先人做过三代农夫，方得知此根有真味。"

我们要讴歌财富，把正当获取财富作为人生的重要成就予以鼓励，但又要节制物质享受的欲望。在获取时要敬业，在使用时则要节俭。要继承崇尚节俭的传统。不管多么富裕，奢侈浪费仍是可耻的，是对人的劳动（包括自己的劳动）及自然资源的不尊重，是对传统美德的违背。

钱财给生活带来的意义十分有限，能否提高生活质量，就看你的精神实力了。

任何社会、任何时代都有穷人。对穷人的同情、理解、关爱、救助的程度体现着社会的进步和人的道德水准。爱惜自己的生命是人的本能，同情别人、同情一切生命也是人的本能。人，不一定能使自己崇高，但可以使自己善良和具有同情之心。

2020 年 5 月 9 日

且看世风"日上"的一面

自媒体时代来临，各种信息通过网络、手机以最快最便捷的方式出现在读者面前，为了获取更多关注，博取更多眼球，以负面新闻为噱头争相报道。在网上时常出现一些无礼无德、伤风败俗、丑陋不堪的东西，诸如"老人病倒在地，路人不扶，不敢扶了""年轻人在公交车上不给老人让座了，甚至俩人相互指责，老人气倒在地""儿女不孝，将年迈母亲放在楼道没人照管"等等，以小说大，以点说面，甚至捕风捉影反复炒作。负面新闻看多了，难免让人心生"世风日下，人心不古"的结论。事实上，任何时代，任何地方，负面的东西、丑恶的东西都是客观存在的，但也毕竟是少数、是支流。我觉得，应更多关注身边的正面实事，多报道正面典型。正面典型宣传报道多了，就能得出与上面不同的结论。教育自己，引导他人自觉，"见贤思齐，见不贤而自省"。

我经常乘坐631路公交车，从航天桥到黄村火车站，路途较远。有一次，车行至公主坟站时上来一名看着像刚从乡下来的中年妇女，提着较重的行李，她旁边的年轻人立刻起身将座位让给她。中年妇女有些不好意思地说："我不坐，不坐，我不累。"年轻人说："你坐吧，我下站就下车。"听他这样一说，中年妇女就满眼谢意地坐下了。她可能是太疲惫了，不一会儿便睡着了。我一直观察那位年轻人，过了一站又一站，年轻人都没有下车。公交车行至黄村西大街时，他竟然与我一同下了车，我又纳闷又好奇地上前便问："你不是对那女乘客说下站就下车吗，怎么多坐了这么多站？"他笑着说："我只有这样说，她坐得才踏实"。听后，我对这位年轻人顿生敬意，真值得学习，帮助别人不露痕迹。他的言行诠释了"北京榜样"的含义。其实，这样的事在北京、在全国各地每时每刻都大量地发生着，因为太平常了，不会成为新闻，也不会被人关注。

我家住楼房四层，楼梯常年干干净净，我一直想知道是谁常年坚持清扫。那天，我提前回家，推开单元门就听到扫地的声音，一看竟是楼里的李大爷，他年近七十，但身体硬朗，精神矍铄。"您常年坚持打扫楼道卫生真不容易。"我夸赞道。他说："都是举手之劳，我家小孙子上学去了，在家闲着没事，趁大家都上班了出来搞搞卫生，既能活动活动筋骨，又能在不影响大家的情况下把卫生搞好，这叫'为民务实'啊！"说完，他爽朗地笑了。他笑得很灿烂、阳光！

美的发现，要靠美的眼睛。社会是复杂的，不论在现实生活中还是在网络世界里，每时每刻都能看到各种社会现象，怎样看待这些现象就与人的世界观、审美观、价值观有关了。如果多留心身边的助人为乐、诚实守信、尊老爱幼、爱民爱乡、勤俭节约等正能量的现象，就能看到世风"日上"的一面，就能感受到社会主旋律和正能量一直在我们身边，从未走远，也从未离开。

2014 年 11 月 28 日

书，论斤卖

前年，从北京沿大广高速公路回安平县老家，行至任丘服务区做短暂休息。下车后一抬眼，书摊上挂着的红底黑字的广告牌十分显眼，内容："特价图书，每斤十五元。倡导文明读书，提高文化素质。"我顿觉新奇，从未听过书还能论斤卖的，便径直前往看个究竟。

书摊主是个小伙子，把三张书床摆得满满的，围着不少人。书有平装、精装和线装本。有漫画、儿童读物、古诗、宗教信仰、民间神话、历史、社科、中外小说、健康养生等方面的图书，让人目不暇接，还真适合不同人群选购。我选了《最好的杂文》《最受读者喜爱的文章大全集》《精美散文》厚厚的三本，每本书上标价都是五十块左右。我拿着书去过秤结账。"三本共一斤六两，二十四块钱。"书摊主很爽快地说道。我窃喜占了便宜。

拿着书返回的路上突增沉重感，心里有些忐忑。这书里的文章多数是名家的经典文章。鲁迅、闻一多、巴金、朱自清、梁实秋、老舍、李大钊、陈独秀、林语堂、徐志摩、冰心等等名人文章都列于其中。他们的文章多是两千来字、一千来字甚至几百字，在书里不到两页纸，几克的重量。如果论斤计价，也只能卖八九分钱。试想当他们在天有灵知道这境况后会做何反应？一定会拍案而起，大骂坑人的社会，人心不古，世风日下，气得要跳湖。

我联想到不久前，一桩有关故宫博物院的文物损失赔偿案引发的热议：两件被运送到台湾参展的清末国宝，因运送不当受损，主办方与故宫博物院联合起诉，结果台湾当地判决按每公斤一百台币赔偿。无独有偶，一位乘客从上海乘飞机到天津滨海国际机场，飞机落地后发现，其行李箱内价值2.6亿元的两件珐琅彩描金大碗被毁坏成了碎片，航空公司也称按照有关规定，只能按一公斤一百元的标准赔偿。好笑？震惊？当书籍等同于萝卜白菜被论斤出售，当国宝级古玩如锅碗瓢盆般被论斤赔偿，我们的文化体面何在？

书，作为知识与文化的载体，已不是普通商品，它是精神辛勤劳动的成果，它的价值不是能用斤两来衡量的。作者为写得一篇文章呕心沥血，青灯黄纸伴孤夜，字斟句酌，为一字一句煞费心机，惜字如金，因此便有了"半字之师""一字之师"的故事，有了"吟安一个字，捻断数根须"的诗句。如果作者是"煮字疗饥"的穷书生，生在时下就得被活活饿死。

司马迁忍辱含垢，用二十年写成的被誉为"史家之绝唱，无韵之《离骚》"的《史记》，曹雪芹"批阅十载，增删五次"成就的古典小说巅峰之作，被誉为中国封建社会百科全书的《红楼梦》，和那些"文化快餐"混在一起被论斤叫卖时，你感受如何？这是对经典的亵渎，是对作者的极大不敬，是对祖先的不尊重，是中国文化的悲哀！

文字是文化传承的重要载体，文字起源的历史就是中华古代文明开端的历史。先哲们著书立说，记述了对社会发展和自然进程的独特认知，每一本书都是一个用黑字印在白纸上的灵魂，一个个睿智的灵魂聚集，便成就了光耀千秋的炎黄文化火炬。古老的中华民族五千年聚而不散，靠的就是文化的巨大向心力，如果不读书不爱书，便如同江河断流，中华民族的血脉如何延续？

书论斤卖，实际上反映出许多人不爱书不读书的问题。有则新闻：中日两国中学生开展夏令营，在机场候机厅候机，日本学生都在静静读书，中国学生都在专心玩手机。据媒体报道，中国人年均读书 0.7 本，韩国 7 本，日本 40 本，以色列 64 本。我国官方虽每年都开展全民"读书月""读书季"活动，送图书进农村、进社区、进工地、进学校等，旨在促进国民阅读兴趣，但收效也不明显。多读书多读经典才知字字值千金，得知书的分量和价值，对书才有了感觉或感情。读书少或不读书的人很难感知书中有"黄金屋"和"颜如玉"，更不知洛阳纸贵，就有可能把书如同萝卜白菜或破烂一样论斤卖掉，对名人名篇、经典之作更是浑然不知。

如果攀高枝，我也算个读书人，但在 2010 年前后两三年时间里基本没有读书，除在区委宣传部工作事情较多，八小时内忙忙碌碌，工余时间不但要加班加点，还要奔忙于酒桌筵席觥筹交错，偶有稍长时间还约几个牌友鏖战至深夜。对书没了兴趣，再也不进书市、图书馆，对书摊更是不闻不问。家中存书也嫌占地儿，也想当破烂卖掉，经人劝阻未能落实，干脆一股脑儿把书搬到地下室储藏间码放在一角。有人将书束之高阁，我是束置落地。

2012 年我参加北京市社工委组织的为期一周的培训，由北京大学承办。期间多是北大教授授课，讲得非常好，围绕主题，引经据典，生动形象，引人入胜，培训生纷纷反映：参加这次培训真值得，学到了知识，增强了干好工作的信心。同样，我的思想也受到洗礼，觉得自己胸无点墨，腹内空空。正像宋代文人黄庭坚所说："士大夫三日不读书，则义理不交于胸中，对镜觉面目可憎，向人亦语言无味。"又感到了知识的力量，书本的分量。

培训结束后，我立马买了书架，又将书全部搬回来，整整齐齐摆放好。室内又飘出了书香。

书，是不能论斤卖的！书的分量是用秤称不出来的。其分量在阅读中，在言行举止中，在实现人生美好梦想的奋斗中……

2021 年 4 月 20 日

以文化人

　　不少人可能在微信中看到过这样一段话：读书多的人并不一定有文化，见识广的人也不一定有文化，一个人有文化一定有着根植于内心的修养、无须提醒的自觉、以约束为前提的自由、为别人着想的善良。我认为，这不一定是一个人有文化的全部，但一个有文化的人一定具备这几条。

　　文化作为一种精神力量，就是用文章、文德、文教（礼节仪式）等教化人，这种教化作用不仅对个人，而且对一个地区乃至一个民族的发展都有着深刻的影响。古人读书，不仅是看，是反复地读，慢慢地读，读出声音来，让人沉浸到书里面去，这样一个沉浸的状态会产生一个重要的效果——修炼。读书是为了改变自己，变成另外一个人。比如，当一个人对你做错事情之后，你不要愤怒，你反而要去想他为善或为恶的理由，多想自己之过，然后你就不会愤怒了。读书不仅要明白它的意思，学习一些知识，而且要去做。真正读书读得好的人都是知书达理的有修养之人。如果做不到这些，证明我们书没有读好。读书就要以文化人，不能把书只当作一个工具。

一个人心平气和，做事妥帖，做人礼貌，这就是修养。在古代常以玉比君子，说君子像玉石一样温润，光华内敛，不刺眼，不炫耀，谦和守下，不咄咄逼人。古人读书最重要的一条是修身，只有修身之后，才能齐家、治国、平天下。修身讲"恭则不侮"，即你尊重他人，他人就会尊重你，你就不容易受到羞辱。"君子泰而不骄，小人骄而不泰"，仁德有修养的人很舒泰，但态度绝不骄傲，没有修养的人既骄傲又自卑，而且心境也不泰然。如果一个人脾气暴躁，话没说两句就要粗言问候，这样的人读再多书，也不能算有文化。

一个有文化的人，一定是一个自觉的人。开车文明礼让，遇到老人、儿童或在学校、医院等周边不乱鸣笛，遛宠物时自觉把粪便清除，别人输密码的时候自觉回避，上厕所自觉靠近一步。自觉是无须提醒的。一个人只有将心比心，设身处地地为别人着想，才会有自觉的行为。体谅老人行动不便，知道儿童遇惊吓容易惊慌，你就不会在他们身后乱鸣笛。密码是别人的隐私，所以自觉回避。孔子说"己所不欲，勿施于人"。人不自觉，是因为他无视别人的感受，忽略身边人的情绪。在公交车、地铁、高铁、飞机等公共场所，大家虽然素不相识，但是很容易就能判断一个人的素质是高是低。高谈阔论的、听歌外放的、抢占别人座位的、吃完零食一地垃圾的总是给人素质低的感觉。说话、听歌、吃东西这是每个人的自由，但是你的自由一旦影响了别人的自由，那你就是越界了。越是有修养的人越是沉静简单，越是肤浅的人越是浮躁不安；人最先成熟的不是身体，而是言谈举止间的气质和素养。

在人类文明的传承中，最先突破次元壁的是阅读，是文化的力量，是以文化人的结果。因此，我们要多读书，读好书，让我们的命脉中多增加清新的血液，强壮我们的肌体，为建设文明城区做出贡献。

2018 年

读《忏悔录》

托尔斯泰在《安娜·卡列尼娜》的创作行将结束时，因不堪承受理想与现实的落差，内心出现巨大困惑。他每天穿着长袍和自己亲手缝制的布鞋，行走在底层农夫之间，俯下身子去倾听那些沉默的大多数。他联想自己五十年的人生经历和心路历程，寻找生命意义，记录下了这段精神活动的过程，取名《忏悔录》。与卢梭、奥古斯丁《忏悔录》中叙述的内容迥然不同，托尔斯泰更多的是通过自我忏悔达到自我完善，回答人生的意义何在、人们为什么而活。

托尔斯泰在《忏悔录》中写道："一个人要懂得忏悔、接受心灵的拷问，继而才有可能超拔。我忏悔过去，说谎、杀戮、虚荣、贪财、荒淫、自大、傲慢、暴躁竟占据了我生命的全部！过着淫荡的生活，吹牛撒谎，欺骗偷盗，形形色色的通奸、酗酒、暴力、杀人……没有一种罪行我没有干过，为此我还得到夸奖，我的同辈过去和现在都认为我是一个道德比较高尚的人。"

忏悔不易，救赎更难。一个人要拉他人出沼泽，自己却站在沼泽地里，谁救赎谁呢？只有自己站在坚实的大地上才能去拯救他人。身为贵族的托尔斯泰产生了放弃一切财产的想法，痛改前非，希望过上和普通百姓一样穷苦的生活，最终成为一个彻底的清教徒。实际上，他从很早就开始审视拷问自己了，在他的很多作品中都能读到这种痛苦求索的痕迹。皮埃尔、列文、聂赫留朵夫，也包括安娜，他们之所以成为经典形象，不是因为他们有什么过人的英雄壮举，而是因为他们背后有一个伟大的思想者。

忏悔是佛教语。梵文 ksama，音译为忏摩，省略为忏，意译为悔，合称为忏悔。佛教规定，出家人每半年集合举行诵戒，给犯戒者以说过悔改的机会。后遂成为自陈己过、悔罪祈福的一种宗教形式。引申为认识了过去的错误或罪过而感到痛心和后悔，向神佛表示悔过，请求宽恕。

人类有着共同的文明，不论儒教、佛教还是道教，都是引导人向好向善的。人们常说的"悔过自新""自省自警""闭门思过"等都与"忏悔"佛教语有着相同的内涵，让人从良知、道德和法律标准审视和拷问自己的言行，见微知著，唤醒良心，从心灵深处痛心悔过，体悟"举头三尺有神明，不畏人知畏己知"冥冥之中的境界。苏格拉底说："未经审视的人生是不值得过的。"鲁迅也说过："对人的心灵进行拷问，在洁白的心灵下面，拷问出心灵的污秽，而又在心灵的污秽中拷问出那心灵的真正洁白。"从巴金的《随想录》中也能明显地看到巴老忏悔之意。

世上有多少人能认识到自己身上挥之不去的邪念，认识到生命中已经腐烂的那些部分，认识到自私、冷漠、懦弱、傲慢、粗俗、丑陋、龌龊甚至无耻的言行给他人带来的伤害和给自己带来的不良影响?

人,需要像托翁一样从灵魂深处去忏悔。忏悔虽不能改变已发生的事情或抚平他人受伤的心,但可净化自己的心灵,求得上苍的宽恕,身心多些解脱。同时要相信头上的神明也会把你的忏悔之意传达给被伤害过的人,以减少他人心中的伤痛与憎恨,求得对自己的谅解。

我在团当政治处主任时,公务员小马聪明、勤快,品行端正。一天小马报告我说,他父母从甘肃农村老家来部队看望他了。我说:"好啊,你要照顾好爸妈。我抽空去看望他们。"

翌日晚,我正在办公室加班,听到缓慢的敲门声:"请进!"轻声进门的是一位陌生人,他十分紧张地自我介绍:"我是小马的父亲。""大叔,这么晚了您怎么过来了?""张主任,白天俺看你很忙,不能来。刚才俺看你屋亮着灯,我才来的。俺家这孩子让你费了不少心,比原来懂事多了,俺和他妈看了后非常高兴。以后你还多管教管教,让他有个出息。"随后,从衣兜里掏出一个鼓鼓囊囊的信封,迅速放在桌上,急忙转身往外走。我立马意识到不对,赶紧一手拿起信封,一手拉住大叔,我说:"您千万不能这样做,我也坚决不能收!"他努力往外走,我说什么他也不听,整个场面就像是打架一样。我生怕让其他加班同志听到或看到不好,只好作罢,很客气地把大叔送出门外。回办公室打开信封一看竟是五千块钱。这钱我考虑给小马带回去也不妥,还是看望他们时一并退还为好。

第三天晚上有些空闲,我找小马一同去看他父母。小马说:"因家中有急事,也没有跟您说,父母昨天已回去了。"

"啊！你父母回家怎么也不跟我说一声呢?!"小马只说："看您太忙，就别打扰您了。"我想这钱可咋办呢，还是不能给小马说（实际上小马肯定知道这事），生怕伤他自尊。就这样把这事放下了。后来我调走，小马上了军校，相互也没了联系。钱始终未归还。我知道小马的家乡很贫穷，只靠在干旱贫瘠的土地上种棉花卖点钱支撑一年的开支。五千块钱是将一年所种的棉花卖掉所得。试想二位老人从种到收，风里来雨里去，不知流了多少汗水、费了多少心血，我怎么就轻易地收下了呢？他们一年的开销咋办呢？小马及他父母怎样看待我呢？一定说我是言行不一的人。我自责！我后悔！为什么当时没想方设法还了人家呢？即使把钱给了小马有什么不妥呢？这事虽然过去了二十多年，但每每想起就汗颜，就很内疚，自己是何等的自私，办事是何等的不果断！

常言说："酒逢知己千杯少。"事实上可不是这么回事，还得看人的酒量，有人喝上十杯八杯就已呈现醉态，口无遮拦，行为不雅，失言失行失德，"知己"变为"知敌"。我与工作中的同事关系处理得都很融洽，特别是和女同事更注意把握分寸，在一起工作心情都很舒畅，她们有事也愿意找我商量，没事时就到我办公室聊聊天，也经常开玩笑，彼此都很尊重。有一天下午，我带领几个同事组织一个大型活动，活动搞得很成功，大家很高兴。"领导，咱们筹划好长时间的活动今天总算落地了，非常成功，大家这么卖力气，晚上您请客犒劳犒劳大伙呗？"一位叫小瑜的女孩半开玩笑地和我说。"行！"我答应得也干脆。

晚饭时分，忙碌了一天的同事们终于都坐在了饭桌上。大家如同打了胜仗归来的士兵，放松、雀跃、兴奋。不管平时喝与不喝、喝多与喝少，大家都不推辞酒杯了，都使劲地多喝点以释怀。我也如此，杯杯倒满，次次干杯，来者不拒。可能是氛围的感染和喝酒过猛过多的缘故，一会儿就飘飘然了，也不顾及有女同事在场，信口开河，胡说八道，触伤了女士的自尊，一位当场站起来呵斥我，然后就愤愤地离桌而去，让我非常难堪和尴尬。小瑜则生气地哭泣不止。整个氛围一落千丈，人们的表情都凝固住了，时间也好像凝固住了。就这样不欢而散。我在愁烦中到吧台结了账。独自走在回宿舍的路上，悔恨得真想抽打自己的嘴，自责道："说话没把门的，管不住这张嘴，祸从口出，伤人害己，真没有水平，没有素养！"这是我人生经历中刻骨铭心的一幕，深深地记在心中！

那以后，我向她们分别道了歉，她们说，没事了，事过就过了。但我觉得伤痕是难以弥合的。同她们再见面时已没有了往日灿烂的笑容和问候，只是冷漠地擦肩而过或是简单打个招呼。是我的过错抹去了她们脸上的笑容，是我使多年建立的友情因失言而一夜间变得冷漠。深感曾国藩的箴言"群居守口，独居守心"道出的是真理，学会闭嘴是人生的高境界。

忏悔吧！人人都需要忏悔，要像托尔斯泰一样，不管是表白出来还是内心默默的……

2020 年 8 月 10 日

还是要静下来读书

今年三月的一天，我到中关村图书大厦想挑选几本书，偶然发现由长江文艺出版社出版的《名家散文典藏·彩插版》系列丛书，每本书封底里注明丛书是鲁迅、老舍、梁实秋、朱自清、巴金、徐志摩、雨果、屠格涅夫等四十多位中外名家的散文集。不知什么原因，书架上只有九位名家的散文集了。我立即买了九本回家。后又陆续在网上买了一些。这些名家的散文以前也零零散散地读过一些，但把诸多名家的经典散文由独立变为成册成系列，我还是第一次看到，而且里面好多文章没有读过，觉得应该读一读。之后，我利用早晚时间认真拜读并做了些笔记。读名家的散文就像聆听大师教诲，感觉大师用各异的风格在与你交流和沟通。有的文笔简约平实，恬淡雅朴，以事喻理，字里行间充溢诙谐幽默，三言两语道尽人生哲理，自有一派绅士风度；有的充满浪漫主义气息，激扬文字，秀雅隽永，文采华丽，丽而不俗，意境悠远，给人以诗一样美的享受；有的富有战斗性和时代感，意境空灵，结构严谨，鞭辟入里，明辨是非曲直，等等。读后开人心智，受益匪浅。

一

乡情在主导，我先读的是《孙犁散文精选》。孙老与我是同乡，我们两村相距十华里的样子。我大姨家跟他是同村，都住在村东头，我从小就经常到他们村上去，每去必从他家门前走过。很早就知道他是我们这里的名人。上学之后读过他的《采蒲台的苇》《荷花淀》《芦花荡》等文章。孙老擅用"白描"手法创作充满浪漫气息的"诗化小说"。他的散文朴实无华，意味深长，用美的意境、美的人物、美的情感刻画人的心灵与品质。他是现当代著名小说家、散文家、"荷花淀派"创始人，是我们河北安平县人的骄傲与自豪。

读《孙犁散文精选》，深深地被他的浓浓乡情所打动。他把对家乡的感念尽情流泻在纯情追忆上，乡土气息浓郁，那人、那事、那地儿、那言语非常熟悉与亲切。感知到他对家乡有着一生中挥之不去的眷恋，从《乡里旧闻》一文写大戏、小戏中就能看到这些。他写道：

农村唱大戏，多为谢雨，农民务实，连得几场透雨，丰收有望，才决定演戏，时间多在秋前秋后。演戏一般是三天三夜。天气正炎热，戏台下万头攒动，尘土飞扬，挤进去就是一身透汗。而有些年轻力壮的小伙子，在此时刻，好表现一下力气，去"扒台板"看戏，把小褂一脱，缠在腰里，从台下侧身而入，硬

210

拱进去，然后扒住台板，用背往后一靠，身后万人，为之披靡，一片人浪，他却得意扬扬。出来时，还是从台下钻出来，并夸口说，我看见坤角的小脚了。在农村，看戏扒台板，出殡扛棺材头，都是小伙子们表现力气的好机会。那时，唱大戏是农村的大典，跑十里八里的都过来看戏，家家要招待亲朋；也是孩子们最欢乐的节日。有儿歌谣"四大高兴"："新年到，搭戏台，先生（学校老师）走，媳妇来。"

孙老说得非常真实生动，他久久没有忘怀儿时故事，是乡情发挥着作用。我们小时都是那样过来的，孙老描述的场面历历在目。特别是"文革"期间，文化生活非常贫乏，全国就有八台"样板戏"。村里演"样板戏"一般在场院里或在野地里，没有固定座位，人山人海，身贴身地拥来拥去，只有小伙子们才能看清李玉和、杨子荣、柯湘等剧中人物的真面目。老弱病残或是姑娘们只能在场外听戏。还出现过将人踩踏致死的现象。另外，过去农村唱大戏也有为"起集"或"办庙会"的。用现代话说叫"启动仪式"，也是非常热闹的。孙老说到唱小戏："一般是小康之家，遇有丧事，则请一台小戏，也有亲友送的。所谓小戏，就是街上摆一张方桌，四条板凳，有八个吹鼓手，不用化装，一人可演几个角色，并且手中不离乐器。桌上放着酒菜，边演边吃喝。"那时农村唱小戏也是个热闹事，引来男女围观，喝彩鼓劲。吹鼓手比着吹，个个面红耳赤，青筋暴露，腮帮子鼓得高高的，眼睛瞪得圆圆的，身子还不停地摇晃着。灵前有戚戚之容，戏前有欢乐之意。现在还流行着唱小戏，只是不像原来摆上桌凳、酒菜，吹吹打打了，而是用汽车拉上音响设备，对着麦克风唱欢快的流行歌曲，见此场景，让人哭笑不得。孙老在文中写道："中国的风俗，最通人情、达世故，有辩证法。"

《度春荒》写他幼年时，每年春季，粮食很缺，普通人家都要吃野菜树叶。春天，最早出土的，是一种名叫老鸹锦的野菜，孩子们带着一把小刀，提着小篮，成群结队到野外去，寻觅剜取像铜钱大小的这种野菜幼苗，回家用开水一泼，掺上糠面蒸食。以后，田野的生机多了，野菜的品种也就多了，有黄须菜，有扫帚苗，都可以吃。春天的麦苗，也可救急，但是要到人家地里去偷来。到树叶发芽，孩子们就脱光了脚，在手心吐些唾沫，上到树上去。榆钱和榆树叶是最好的菜，柳芽也好吃。在大荒之年，他吃过杨花，就是大叶杨春天抽出的那种穗子一样的花。这种东西，是不得已而吃之，味道是很难闻的。孙老感慨地说："为衣食奔波，而不大感到愁苦，只有童年。"他到了老年，还是常想吃故乡的食物，他在《吃菜根》中说："到了现在，身居高楼，地处繁华，还忘不了糠皮野菜，那有些近于矫揉造作；但有些故乡的食物，还是常常想念的，其中包括'甜疙瘩'。用棒子面煮之，真是余味无穷。"他到天津后还在菜市买蔓菁疙瘩吃。他说："古人常用嚼菜根，教育后代，以为菜根不只是根本，而且也是一学问。甜味中略带一种清苦味，其妙无穷，可以著作一本书'味根录'，其作用，有些近似忆苦思甜，但又不完全一样。"古人讲："嚼得菜根百事可做，安得贫穷能成大事。"孙老嚼得菜根，成了一代名家。

孙老晚年思念故乡的情绪非常浓烈，他写了《老家》一

212

文以抒怀。"梦中每迷还乡路，愈知晚途念桑梓。"他说："人对故乡，感情是难以割断的，而且越来越萦绕在意识的深处，形成不断的梦境。"他多次在梦中因回家不成而被急醒。他十二岁离开家乡的，他认为不管离开多少年，老家还是固定的老巢，游子的归宿。那里的河流，确已经干了，但风沙还是熟悉的；屋顶上的炊烟不见了，灶下做饭的人，也早已不在了，但老屋顶上长着很高的草还是在的。最悲伤的是村人故旧，都指点着老屋说："这一家人，都到外面去了，不再回来了。"

孙老的一位朋友到他村回来后对他说：现在村里，新房林立，你那几间破房，留在那里，实在太不协调了。村里在征求你的意见。他得知后便给村支书写信说："关于老屋，也不拆，也不卖，听其自然，倒了再说。"他还解嘲似的说，那总是一个标志，证明我曾经是村中一户。人们路过那里，看到那破房，就会想起我，念叨我。不然，就真的会把我忘记了。

孙老对家乡有着深厚的感情，家乡人也非常尊重爱戴孙老。2013 年 10 月，县里开始对孙老故居进行修复并建设纪念广场和孙犁著作碑林。2014 年 5 月 4 日，"孙犁故居"建成开放。正在设计雕刻汉白玉孙犁坐像。

"孙犁故里"已是一张亮丽的文化名片，熠熠生辉。

孙老已魂归故里。

二

我去年读过梁实秋《雅舍小品》一书，近读《梁实秋散文精选》。读梁先生文章是享受。他知识渊博，文笔简约雅朴，诙谐幽默，怡然自得，有绅士风度。谈到人老，他在《老年》一文中说：人就像钟表上的时针慢慢地移动着，移动得如此之慢，使你几乎感觉不到就老了。不知从什么时候起宴会中总是有人簇拥着你坐上座。上下台阶时常有人在你肘腋处搀扶一把。黄口小儿在你眼前跌跌跄跄地跑来跑去，喊着阿公阿婆，这显然人老了。其实人之老也，不需人家提示，自己照照镜子，心里就有数了。乌溜溜的毛茸茸的头发而今稀稀落落。瓠犀一般的牙齿而今裂着罅隙。下巴颏底下的垂肉就变成了空口袋，捏着一揪，两层皮久久不能恢复原状。老友几年不见，觌面而说不出他的姓名。要办事三件以上就得结绳。种种现象不一而足。

花有开有谢，树有荣有枯。不必讳言老，生、老、病、死原是一回事。不必算起岁数来斤斤计较按外国算法还是按中国算法，好像从中可以讨到一年便宜。老了就是老了，谁也逃脱不了，只是能否活得明白是关键。梁先生说："老了该做老年的事，冬行春令实是不祥。"孔子也非常反对老年人"不知老之将至"，不知"及其老也，血气既衰，戒之在得"。是说老人之贪财、不舍得，是易犯之过。"金屑虽贵，落眼成翳"，让贵重的金子祸害了自己，悲惨教训很多！古罗马哲学家、政治家西塞罗说："人无论怎样老，总是以为自己可以再活一年。"是的，这愿望不算太奢。但不论再活多少年，也不管以前事业怎样辉煌，官位多么高，道法自然，衰老都会让你变成普普通通的老人，在意你的人会越来越少，社会空间会越来越小。你得学会安静地待在一角，去欣赏后来者的风光与热闹，没有抱

214

怨和忌妒。踏下心来做点自己喜欢的事情或者老老实实在家看孙子，甘心当好"孙管干部"，也是一件虽辛苦但也快乐的事。梁先生讲："最低限度，别自寻烦恼，别碍人事，别讨人嫌。"

当读到梁先生《说话的艺术》一文时颇有感触，掩卷沉思，不论在两人聊天或多人聚会时，时常遇到他文中所描述的现象："有些人可能口部筋肉特别发达，一开口便不能自休，绝不容许别人插嘴，话如连珠，音容并茂，他讲一件事能从盘古开天地讲起，慢慢地进入主题，亦能枝节横生，终于忘记本题是什么。"相互聊天或多人聚会不是单位开会时的领导讲话，不是演讲，更不是训话。人人平等，相互交流，一个人不可以霸占太多时间，不可以长篇大论地絮聒不休，不可以总觉得自己懂得多，又生怕别人听不懂，索然无味的车轱辘话轱辘来轱辘去，是不招人待见的。即使言谈之中确有内容，"吐佳言如锯木屑，霏霏不绝"，也是不妥的。

说话是一门艺术，反映着人的学识与修养。毫无准备地夸夸其谈，害处很多。"三年学说话，一生学闭嘴。"这是一句祖祖辈辈流传下来的话，是值得学习与践行的。梁先生说："谈话和作文一样，有主题、有腹稿、有层次、有结尾，不可语无伦次。写文章肯用心的人就不太多，谈话知道剪裁的就更少了。善谈和健谈不同，健谈者能使四座生春，但多少有点霸道；善谈者尽管舌灿莲花，但总还要给别人留下说话的机会。"关于说话艺术，有一条短信写道："该说时会说叫水平，不该说时不说叫聪明，知道该何时说何时不说叫城府。"我们努力做一个有水平的、聪明的、有城府的人。

215

梁先生在《为什么不说实话》中讲了一个有趣的故事：有一家酒店，隔壁住着几个酒徒，酒徒竟偷喝酒，偷酒的方法是凿壁成孔，用管插入酒缸而轮流吸饮，每天夜晚习以为常。酒店老板初而惊讶酒浆损失之巨，继而暗叹酒徒偷技之精，终乃思得报复之道。老板不动声色，入晚于酒缸之处改置小便一桶，内中便溺洋溢，不可向迩。夜阑人静，酒徒又来饮吮，争先恐后，欲解馋吻，甲用尽力一吸，饱尝异味，汩汩自喉而下，刚要声张，旋思我要声张，别人必不再来上当，我独自吃亏，岂不太冤枉乎？有亏大家吃，于是连呼"好酒！好酒!"而退。乙继之，亦同样上当，亦同样不肯独自上当，亦连呼"好酒！好酒!"而退。丙丁继之，循序而饮，以至于全体酒徒均得分润，事毕环立，相视而笑。

这个故事很耐人寻味，为什么循序而饮之后，谁都不声张，谁都不说实话，还连呼"好酒！好酒!"呢？无非是想我上了当，也得让你们上当，我恶心了也得让你们恶心，谁也别想好受。还有，如果我说了实话，前面的人一定会责骂我，我何必招骂呢。因此坑人的假话就连连不断，不想说实话。由此我联想到"指鹿为马"的故事。满朝文武大臣谁能不认识那是一只鹿？但大臣们包括较耿直的大臣为什么都回答说"是马"呢？这是迫于赵高的淫威，说实话是要被杀头的，为了保住性命只能说假话，不敢说实话。这是政治不清明的社会时常出现的事，可悲可叹！

三

　　林清玄，台湾高产作家，连续十年雄踞"中国台湾十大畅销书作家"榜单，被誉为"当代散文八大作家"之一。他的散文深受禅宗思想影响，禅意深远，以积极的"入世"态度，关注现代人面临的种种问题。散文风格淡雅、清新、智慧，虚实相生，空灵流动，具有诗性之美。

　　林清玄在《清欢》一文中说，他极爱苏轼的一句话："人间有味是清欢。"他说："清欢"是什么呢？可以说是"清淡的欢愉"，这种清淡的欢愉不是来自别处，正是来自对平静疏淡简朴生活的一种热爱。当一个人可以品味出野菜的清香胜过山珍海味，或者体会了静静品一壶乌龙茶比起在喧闹的晚宴中更能清洗心灵……这些就是"清欢"。作家孙犁也有相同说法："古人常用嚼菜根，教育后代，以为菜根不只是根本，而且也是一学问。甜味中略带一种清苦味，其妙无穷。""人间有味是清欢"，这句话本是苏轼和朋友到郊外去玩，在南山里喝了浮着雪沫乳花的小酒，配着春日山野里的蓼菜、茼蒿、新笋，以及野菜的嫩芽等等，然后发出的赞叹。由此可见，不论是苏轼还是孙犁、林清玄，他们热爱平静疏淡简朴的生活，认为"清欢"是人生的高境界，是人间真味。能在污浊滔滔的人间找到清欢的人物才是第一流人物。林清玄在《温一壶月光下酒》中写道："在烟中腾云过了，在雨里行走过了，什么都过了，还能如何？所谓'来往烟波非定居，生涯蓑笠外无余'。生命的事一经过了，再热烈也是平常。"到头来只有"清欢"最怡人最有味。

过去流传着一句俗语，家中三件宝："家常饭，粗布衣，结发妻。"虽叫俗语，实则不俗。它包含着丰富的人生哲理，也有着人们对"清欢（或清净）"日子的向往。这是对人生意义认识的回归。有位朋友给我说："在外面花钱再多，吃喝得再好，心里不得清净，累得慌。在外面转一溜儿够，最后还是感到家里好。一家老老少少围坐一起吃着家常便饭，拉拉家常，说说笑笑；小孙子、小外孙女在眼前跟跟跄跄绕来绕去，逗得人们笑得前仰后合。我每当经历这场面就有种从心底流淌出来的幸福感。"这是一家人的"清欢"。

林清玄说："喝酒是有哲学的，准备许多下酒菜，喝得杯盘狼藉，是下乘的喝法；几粒花生米、一盘豆腐干，和三五好友天南地北，是中乘喝法；一个人独斟自酌，举杯邀明月，对影成三人，是上乘的喝法。"上乘的喝法就是一人的"清欢"。

千利休是日本茶道大师，在日本是无人不知的人物。他的家教非常成功，家族传了十七代，代代都是茶道名师。他的家族成为日本茶道的象征，留下了很多故事。现列举二例：一例是千利休晚年，已经是公认的伟大茶师。有权有势的秀吉将军特地来向他请教饮茶的艺术，没想到他竟说饮茶没有特别神秘之处。他说："把炭放进炉子里，等水开到适当程度，加上茶叶使其产生适当的味道。按照花的生长情形，把花插在瓶子里，在夏天的时候使人感到凉爽，在冬天的时候使人想到温暖，没有别的秘密。"将军听了这种解释，便带着厌烦神情说这些他早就知道了。千利休厉声地回答说："好！如果有人早已知道这种情形，我很愿意做他的弟子。"

千利休有一首名诗，来说明他的茶道精神：

> 先把水烧开，
> 再加进茶叶，
> 然后用适当的方式喝茶，
> 那就是你所需要知道的一切，
> 除此之外，茶一无所有。

例二是有一次，千利休的儿子在洒扫庭园小径，千利休坐在一旁看着。洒扫完毕，儿子走到父亲面前，说："父亲，石阶已经洗了三次，石灯笼和树上也洒过水了，我没有在地上留下一根树枝和一片叶子。""傻瓜，那不是清扫庭园应该用的方法。"千利休边说边走入园子里，用手摇动一棵树，园子里霎时间就落下了许多金黄色和深红色的树叶，使园子显得更干净宁谧，并且充满了美与自然，有着生命的力量。

从以上两个事例可以看出千利休大师对茶道、对自然、对人文的独特理解。饮茶艺术的最高境界就是一个简单的动作、一个单纯的生活方式，不应复杂繁缛。虽然茶可以有许多知识学问，但在饮茶时却是大道至简，以个人的喜好，用自己"适当的方式"才是饮茶的本质。去寻找一花一叶一世界、一歌一赋一琴台、一茶一禅洗尘埃的"清欢"心境。千利休大师摇动树枝，片片飞叶飘然落地，让黄色、红色、绿色铺满庭园，是在营造一个人与自然融合的多彩厚重与和谐静雅的环境，人置身其中就是一种"清欢"。可以看出，悟道者与一般人对环境的观照已经完全不一样，他能随时取得与环境的和谐，不论是在秋锦的园地或是嘈杂的社会中都能创造出泰然自若的"清欢"境界。

四

余秋雨，当代著名散文家、文化学者。二十世纪末，冒着生命危险贴地穿越数万公里考察了巴比伦文明、阿拉伯文明、印度文明、波斯文明等一系列重要的文化遗址，是迄今全球唯一完成此举的文化学者。他把深入研究、亲临考察、有效传播合为一体，是文采、学问、哲思、演讲的大家。近十年来，他投入对中国文脉、中国人格的系统著述，追溯文明，思索历史，笔耕不辍，著作等身。他赴联合国总部、哈佛大学、哥伦比亚大学及国内高校等处演讲传播中国文化，影响巨大。

他的代表作《文化苦旅》发行近千万册，我拜读过。近读《余秋雨散文精选》，他对中国文脉的考察与研究有许多精到之处。他说，中国文脉，是指中国文学几千年发展中最高等级的生命潜流和审美潜流。这种潜流，在近处很难发现，只有从远处看去，才能领略大概，就像那一条倔强的山脊所连成的天际线。正是这条天际线，使我们知道那个天地之大，以及那个天地之限，并领略了一种注定要长久包围我们生命的文化仪式。

他说，文字是文脉的原始材料。文字大约起源于五千年前，较系统地运用，大约在四千年前。《诗经》产生的时间，

220

大概距今两千六百年到三千年。《诗经》是中国文脉的开始，有着一系列宏大的传说。主要有两种：一是"祖王传说"，有关黄帝、炎帝和蚩尤；二是"神话传说"，有关补天、填海、追日、奔月。这些传说和神话，对中华民族有着非常重要的影响，形成了一个历久不衰的"文化基因"。黄帝、炎帝和蚩尤的传说，决定了我们的身份；补天、填海、追日、奔月的神话，决定了我们的气质。

文脉是民族血脉，也是一种悠久而稳定的集体人格，它决定着很多复杂问题的最终选择。四大文明——古巴比伦文明、古埃及文明、印度文明和中华文明，三大文明古国已消失，其消失的重要原因是断了血脉。在伊拉克很少能够看到古巴比伦文明的遗留，没有任何存档，几千年来永远是战场。连他们自己也搞不清古代的东西是什么，他们的文化教育情况也是非常差；古埃及文明，在埃及如今连什么是象形文字都不懂，更严重的是，在埃及没有什么地方可以找到法老的后裔和金字塔时代的后裔；那么印度文明呢？印度表面上看起来都在，都有遗留，但遗憾的是他们无数次中断、无数次灭亡，连这个过程都没有人记述下来，他们的历史已不清晰。留存到今比较完整的只有中华文明。为什么只有中华文明较完整存留至今而能长寿呢？作者列举了九个方面的原因，做了系统分析。他认为，从根本上说，还是中华文化起着作用，让国人的血脉生生不息地流淌着、跳动着。秦始皇用强权统一文字后的两千多年中，只要是中国人，不管生长在哪里，操着什么样口音，用着什么样的方言，一旦落笔皆是汉文汉字，万里相通。汉人做皇帝用汉文汉字，其他民族入主中原做皇帝也极力推广汉文汉字。这就为中华文化连绵不断，为中国的大一统奠定了基础。像北魏王朝的孝文帝、清王朝的康熙帝等，他们在军事上是胜利者，但在文化上却是汉文化的学生和汉文化的大力推广者。

科举制度在我国存在了一千三百年，关于科举制度，作者在《中华文化为何长寿?》一文中有精辟论述："如此规模的考试，所出试题必然会在很大程度上左右整个国家的文化选择。科举考试越到后来越明确，以儒家经典为主要考试范围。这一来，全国千千万万青年男子，也就为了做官而日夜诵读儒家经典，诵读到滚瓜烂熟，一年又一年，一代又一代。他们的初衷只是为个人前途，但结果是，那些儒家经典受到无数年轻生命的接力负载，变得生气勃勃。这可谓，经典滋养生命，生命滋养经典。后一种滋养，更是让经典永显青春血色，举世无双。"1905 年，经袁世凯、张之洞等人上奏，慈禧太后批准，科举制度废止。虽然这种制度废止了，但我们要承认它对中华文化的延续发展影响是很大的。

对中国文脉最表面、最通俗的文体概括：楚辞、汉赋、唐诗、宋词、元曲、明清小说。这其中的经典就像一座座高山连成的一道巍峨壮美悠长的峰脉。傲然屹立在峰脉之上的有：先秦诸子、屈原、司马迁、陶渊明、李白、杜甫、苏轼、关汉卿、曹雪芹，等等。他们的学说、他们的篇章塑造了中华民族的性格，影响着中华民族的发展走向，也让中华文脉代代赓续。诸子百家创造了中华灿烂的文化艺术，博大精深，与古希腊文明交相辉映，为中华文化发展奠定了宽广的基础，"半部《论语》治天下"；屈原的楚辞激发世代爱国情怀，延续几千年龙舟舞动；唐诗宋词让中国语文具有了普遍的附着力、诱惑力、参透力，笼罩九州，镌刻山河，吟诵千秋。经典篇章是没有时代局限性的，一篇文章就影响了中华民族性格，成为一个人、一个民族、一个国家的基本行为准则。陶渊明的《桃花源记》创造了以"田园"为标志的人生境界，成了人们千年不移的文化理想。第一次让人类在田园生根，成为人类文化的基因。普遍的怀乡，正是这一基因的投射。让人有了自然之气、洁净之气、淡雅之气。司马迁的《报任安书》中"人固有一死。死，或重于泰山，或轻于鸿毛，用之所趋异也"不知让多少人明白了生死的轻重、价值的大小。魏征的《谏太宗十思疏》探讨一个政权怎样才能巩固，提出"居安思危，戒奢以俭""水可载舟，也能覆舟"的观点，让历朝历代为政者要知敬畏。在此特别提出的是毛泽东思想，光照千秋，仅一篇《为人民服务》，就成了共产党人立党立国的宗旨，成了共产党人的不懈追求。这些都是思想的力量，文化的力量！正如作者书中所写："一个民族、一个国家、一个人种，其最终意义不是军事的、地域的、政治的，而是文化的。"

作者说："中华文化善择其大道，故而轻松，故而长寿。"近年来，无论是书籍、影视还是文艺节目，都出现了文化乱象。什么"危局维持学""乱世应对学""异己结盟学""逆境窥测学""厚黑学"等书籍，还有那些抗日神剧、宫斗剧等影视剧，到处充斥着阴谋、陷阱、心计，剧情离谱、虚假，胡编乱造，让人看后浑身起鸡皮疙瘩，从里到外地不自在，还美其名曰是"中国谋略""生存智慧""中华优秀文化"。还有"饭圈文化""偶像选秀""炫富泛娱"等文化节目，还在绘声绘色地讲述着早就该退出公共记忆的文化残屑。这不是中华文化大道，是社会心态畸形的表现，是文化的荒瘠地带，是在扼杀文化自信。真正的文化一定是从泥土里、血液骨髓里生长出来的，常由主动孤独者来完成。一个闹哄哄的灵魂，难以创作出高品质的作品。陶渊明："闻多素人心，乐与数晨夕。"如何接通中国文脉？作者说："要从当代文化圈的吵嚷和装扮中逃出，滤净心胸，腾空而起，静静地遨游于从神话到《诗经》、屈原、司马迁、陶渊明、李白、杜甫、苏东坡、关汉卿、曹雪芹，以及其他文学星座的苍穹之中。然后，你就有可能成为这些星座的受光者、寄托者、企盼者。"

五

今天是三八国际妇女节，碰巧今晨读完了《毕淑敏散文精选》一书。作为女作家的毕淑敏在书中更多的是关注女性、婚姻和家庭。视角观点独特，事例典型，与今天的社会舆论关注的话题有许多一致之处。

毕淑敏在《我很重要》一文写道：我是由无数日月星辰、草木山川的精华汇聚而成的，是亿万粒菽粟、亿万滴甘露滋养出来的。平日里，我们尚且珍惜一粒米、一滴水，难道可以对亿万粒菽粟、亿万滴甘露滋养出来的万物之灵，掉以丝毫的轻心吗？冰心也曾经说过："世界上若没有女人，这世界至少要失去十分之五的真、十分之六的善、十分之七的美。"女人属于大地，更接近自然之道，一个男人如果终身没有受到女人熏陶，他的灵魂便会飘荡在天外。女人创造着财富也创造着历史，世上不知有多少事情、事件因女人而改变了历史进程和发展方向。西谚有云："任何事故，追根问底，必定有个女人。"女人很重要！

这个世界残酷太多，到处弥漫着硝烟，到处流淌着血污。在温文尔雅的面纱下，潜伏着充满诡谲的眼睛。女人负有净化心灵的使命，像明矾一样，使世界变得澄清，像黄油一般润滑车轮。善良是人类温情的源泉，女人首先是善良的。女人更需要智慧，因为她们是柔软的动物。但女人又难得智慧，多是小聪明，乏的是大清醒。过多的脂粉模糊了她们的双眼，狭隘的圈子拘谨了她们的想象，她们的嗅觉易在甜蜜的语言中迟钝，她们的脚步易在扑朔的路径中迷离。女人应是美丽的。女人被比作花、比作月，贾宝玉感慨女人是清水做的，我们或许嘲笑这是情种们的言论，但中国现当代著名作家沈从文说，女人是天使和魔鬼合作的产物。当代作家贾平凹说，女人到世上来就是贡献美的。女人有温馨芬芳的气体，在我们的四周飘荡，沁入我们的肌肤，弥漫我们的心灵。一个心爱的女子每每给我们的生活染上一种色彩，给我们的心灵造成一种律动，给我们的感官带来一种陶醉。美丽的女人的人格素质，如纸灯笼里的灯泡，灯泡是红色的，灯笼就是红灯笼，灯泡是黄色的，灯笼就是黄灯笼。于是有人妖艳，有人清雅，有人清而不雅。见什么都能吃的，吃了什么都觉得香的，不是美食家，事实上这样的人没有不平庸的；一样的规律，凡是社会上兴什么就穿什么的人都不是美人。毕淑敏说："美丽的女人少年时像露水一样纯洁，青年时像白桦一样蓬勃，中年时像麦穗一样端庄，老年时像河流的入海口，舒缓而磅礴。"

据我所知，毕淑敏《成千上万的丈夫》这篇文章被多家媒体刊载，说明文中的观点，多数人是认可的。文中写道：有成千上万的男人，可能成为某个女人的好丈夫。这不是说那个女人人尽可夫，而是说找丈夫没有唯一。谁相信唯一，谁就注定在茫茫人海中东跌西撞寻寻觅觅，如同一叶扁舟想捕获一条不知潜藏在何处的鳟鱼，等待你的定是无数焦渴的黎明和失眠的月夜。世上多少女孩，只因追求缥缈的"唯一"而成"剩女"的。总是不满足于身边的弱水三千，无限地追求理想中的极致，那何时才能取得钟情的一瓢？只能蓄芳来年。

恋爱是一般人的普通问题，不要人为地搞复杂。合适做你丈夫的人绝非前无古人后无来者的异数。不单单是一个人，是一种类型。就像喜欢吃饺子的人，多半也热爱包子和馅饼。洋葱和胡萝卜脾气相投，一定会成为好朋友。大豆和蓖麻天生和平相处。玫瑰和百合种在一处，彼此都花朵繁茂，枝叶青翠。甘蓝和芹菜相克，彼此势不两立。郁金香会致勿忘我草于死地。如果你是玫瑰，只要坚定地寻找到百合种属中的一朵，你就基本上获得了幸福。

男女相悦不仅是荷尔蒙激素的迸发，还需品质的优良与性格的互补。拥有一个温润如玉的自己，与另一块玉相互磋磨，才有意义与长久。

希腊女神倪克斯说："婚姻是一本书，第一章是浪漫的诗篇，其余则是平淡的散文。"怎样写好这平淡的散文，就看个人的功力了。上帝用泥土创造了男人，却用男人的肋骨造出了女人，肋骨上有新鲜的血和肉，只要轻轻一碰就会痛彻心肠。因此，女子连最微小的伤害也是不能忍受的。男人要学会呵护和包容女人。男人有了伤痛，还有一个放松的机会，那就是三五知己喝醉了酒，吐出几分真言。女人则不然，就只好憋在肚里，让那些心里话横冲直撞，直到把自己的神经撞出洞来。一般说来，女性的生活不像男性的生活那么需要多种的兴奋剂。对于大多数的女人，"爱"的意思就是"被爱"。

毕淑敏说，女人常常在细微之处精细，在博大之处朦胧。显微镜和望远镜都是能把眼力达不到的地方看清楚，但两者绝不相同。男人瞩目宇宙，却常常忽略脚下的石子，于是男人多谴责女人琐碎，女人多抱怨男人粗疏。改变几乎是不可能的，最好的办法是结合。

对于女人来讲，选择拒绝就是选择生活和命运的走向。拒绝是女人的贴身软甲，拒绝是女人的进攻宝剑。拒绝家暴、胁迫、婚姻买卖等，勇敢拿起法律武器，维护自己的尊严和人身安全。不能苟敢求全。拒绝就像春风必将吹尽落红一样，是一种进行中的必然。

岁月匆匆滑过香裙丽影，飘闪出多少世事沧桑。真正的金婚银婚，多是历久弥新的磨合与尊重。

常言道：幸福的家庭都是一样的，不幸的家庭各有各的不幸。幸福这个老师，和颜悦色地教给我们的学问，绝对不逊色于声色俱厉的鞭挞。可惜的是，浑身伤痕的爱的败阵者，挖掘出最初那悲惨的种子，原来竟是自己播种，当灾异显出狞恶之相时，她却怨天尤人地呓语着，骂遍了天下人，单单绕开自己，没有对自身的反思与批判。如果在交了一笔昂贵的爱的学费之后，学会的只是指责和怨恨，那么无论她或他显出多么楚楚可怜的模样，你可以帮助以金钱，切勿倾泻感情，他们不懂得爱，不谙事理，还需要学习。

好文章是替时代立言，是一个人在一定的时代背景下全部知识和阅历的结晶，是他生命的写照。其中不知要经历多少矛盾、冲突、坎坷、辛酸、成功与失败。这非主观意志可得，只可遇而不可求。文坛名家们的文章洋洋洒洒，多是经典之论，我读得不多且认识肤浅。今之所写只是在所读过的文章中撷取几个片断的读书笔记和心得体会。

很多人生问题，其实症结都差不多，杨绛回应倾诉人生困惑的年轻人，只用了一句话就说清了关键所在："你的问题主要在于读书不多而想得太多。"恰如哲学家泰戈尔所说："光明就在我们的面前，只要你能挨住痛苦，走过重重黑暗，你的负担将变成礼物，你受的苦将照亮你的路。"只要能静下心来多读书，终有一天，你吃下的苦累、熬过的寂寞，都将点亮你的前程。就像那满池塘的荷花，只要肯相信、肯坚持，初荷开过之后，必有一个盛大的夏天。

不管学历如何，书读多了，内心充实，精神丰富，腹有诗书气自华。三毛说："书读多了，容颜自然改变，许多时候，自己可能以为许多看过的书籍都成过眼烟云，不复记忆，其实它们仍是潜在气质里、在谈吐上、在胸襟的无涯，当然也显露在生活和文字中。"

2022 年 3 月 16 日

《好稿子集》序

大兴报社开展《大兴报》"好稿子"评选活动已经有十几年的时间了，收效很好。现在，根据大家的需求和愿望，将最近五年的"好稿子"进行了编辑整理，即将付梓刊印。我很高兴，觉得是件很有意义的事，这既是对大兴报人五年来艰辛历程的回眸，也是对大兴报人五年来用心血和汗水浇灌出的硕果的欣赏与品尝。

中央领导同志曾经指出："要提高办报水平，根本在人，在于建设一支政治强、业务精、纪律严、作风正的新闻队伍。希望同志们进一步坚定理想信念，加强党性修养，提高能力素质。"怎样提高能力素质？怎样解决"根本在人"的问题？我认为开展"好稿子"评选活动就是一个很好的抓手。我们对见报新闻稿件采取"报社每月一讲评，专家每季一选评"的方式把"好稿子"评出来，然后请专家逐一点评，使编辑记者更清楚"好稿子"好在什么地方，还有什么问题，什么是好新闻稿，怎样写好新闻稿。既讲业务层面的，又讲如何做好新闻人的问题。这种做法我们已坚持五年有余。通过这种形式不断强化报社是意识形态的前沿阵地，是舆论引导重要平台的意识。必须以爱党护党为党为宗旨，以利党利国利民为标准，以正面正确正能量为基调。"文如其人"，要想把文章写好，就得有能写好文章的人，这些人必须有正确的人生观、价值观，有良好的职业操守，有对人民对社会的热爱，有平和本然的心态，还要有甘愿吃苦受累的精神。古人讲："文章做到极处，无有他奇，只是恰好；做人做到极处，无有他异，只是本然。"仅五年时间，就有这么多好稿子见诸报端，足以说明大兴报人的追求、心态和担当。

保持人民情怀，记录伟大时代，讲好大兴故事，推动社会进步，这是报社人的责任，更是新闻人的荣光。五年来，大兴区委区政府认真贯彻落实党的十八大、十九大精神和市委市政府决策部署，区域经济社会实现了跨越式发展。大兴报社紧紧围绕区委区政府中心，做好新闻宣传工作。用键盘与镜头记录这个时代，努力推出有思想、有温度、有品质的新闻稿件。先后开辟了"实事办得怎么样，带您一起去看看""五位一体协调发展""扬帆十三五""学道德模范，做有德之人""党旗飘飘""五项基础工作""砥砺奋进的五年"等栏目。记者们不辞辛苦，用自己的聪明才智写出了很多优秀新闻稿件。赵亮的《新区打造清洁空气行动计划"加强版"》，龚兴的《居民足不出户就可办理多项民生业务》，杨阳、张磊的《急救车的日夜》，刘兆岩的《隔路障带来的烦恼》，特别是 2017 年 8 月 22 日第二版刊登的王燕《设计之美——探秘 2017 中国设计节》一文，受到了北京市委书记蔡奇同志的关注，并在《大兴报》上专门做了批示，有力推动了"中国设计节"的成功举办，促进了设计产业的发展，同时也因此提高了《大兴报》的知名度和影响力。这些"好稿子"从不同角度，用不同题材记录了党和政府真心为民办实事办好事的事例，也反映出普通百姓在日常生活工作中的获得感和幸福感。文笔流畅，真实生动，读之有味。

有人说，记者是和时代联系最紧密的人，因为他们见证着社会前行的每一次跨越，记录着时代变迁的每一个节点。我区大力推进城乡一体化进程、开发区创新发展、新机场建设等重大任务。我们还将要迎接改革开放四十周年、新中国七十华诞、两个百年目标的实现等重要历史时刻。这是区域发展的里程碑，是国家发展的坐标，更是新闻人大展身手的舞台。我们要用饱含深情的笔触，去描绘创新发展带来的深刻变化，去讲述大兴人砥砺前行的故事，去书写大兴人胼手胝足实现中国梦的动人诗篇……新时代风云激荡，最不缺乏的就是鲜活素材，最不缺少的就是"新闻点"。

新媒体的崛起，人们阅读习惯的变化，对于传统媒体来讲，是挑战更是机遇。记者与传统媒体容不得退缩，也不能退缩。要深信，传统媒体有其独特的优势和作用，是其他媒体替代不了的。但传统媒体必须要创新，必须要融合，只有在创新和融合中才能更好地实现自身的价值。习近平总书记在党的新闻舆论工作座谈会上发表的重要讲话中强调，新媒体和传统媒体要尽快从相"加"阶段迈向相"融"阶段，从"你是你、我是我"变成"你中有我、我中有你"，进而变成"你就是我、我就是你"。现如今，"融媒体记者"不仅是一个细分的职业，也成为新闻记者的一张耀眼的名片。总之，只要我们坚守初心，与时代贴得更近，与生活贴得更近，与百姓贴得更近，不断从区域发展、百姓工作生活中汲取正能量，矢志提高传播力、引导力、影响力、融合力，就能担当起党的政策主张的传播者、时代风云的记录者、社会进步的推动者、公平正义的守望者的责任。"铁肩担道义，妙手著文章。"希望大兴报社人今后能奉献给读者更多无愧于时代、无愧于党和人民的"好稿子"。

2018 年 1 月 6 日

意大利社会宣传工作的考察与思考

为深入贯彻党的十七届六中全会精神和广泛宣传北京精神，更好地做好我市社会宣传工作，推动文化大发展大繁荣，2011 年 12 月 3 日至 12 月 22 日，在市委副秘书长傅华同志率领下，市第一期社会宣传工作境外培训班一行二十人，远赴意大利进行了社会宣传工作考察和培训。通过这次考察和培训，开阔了眼界，增长了知识，学习了意大利做好社会宣传工作的一些经验和做法，进一步理清了工作思路，增强了做好社会宣传工作的信心。

一、基本情况和背景

意大利位于欧洲南部，主要由靴子形的亚平宁半岛和位于地中海的西西里岛和萨丁岛组成。全国划分为 20 个一级行政区，共 110 个省，8092 个市（镇）。人口 6000 多万（2009年），94% 的居民为意大利人。意大利在艺术、科学和技术上拥有悠久的传统，拥有 47 项世界级文化遗产，位居全球第一。提起文明古国意大利，人们立刻会联想到公元 14—15 世纪，意大利文艺空前繁荣，成为欧洲"文艺复兴"运动的发源地，但丁、达·芬奇、米开朗琪罗、拉斐尔、伽利略等文化与科学巨匠对人类文化的进步做出了巨大贡献。照亮人类近代文明之路，奏响了政治学说发展的序曲，提倡"自然权利""社会契约""人民革命权"以及"三权分立"，否定了封建特权。在文艺复兴的过程中，艺术创作的内容也逐渐由神和宗教故事变为普通人，以至底层民众。如今，在意大利各地都可见到精心保存下来的古罗马时代的宏伟建筑和文艺复兴时代的绘画、雕刻、古迹和文物。意大利才是近代文明思想的诞生地。

这次考察、培训我们围绕"精神文明建设、社会传播和节日文化"三个主题进行。从 12 月 4 日起，培训班一行相继参观了罗马天文博物馆、音乐家贝里尼纪念公园、贝翁一世艺术长廊，走访了罗马省政府公共关系办公室、罗马电影基金会、意大利文化娱乐管理协会、罗马慢餐协会、托斯卡纳旅游文化促进基金会以及米兰发展性广告基金会和罗马 Eur S. P. Y. 公司。

此次考察、培训是我市第一次以社会宣传为主题的境外培训，这既是干部培训工作的一项有益尝试，也是社会宣传工作的一项创新。长期以来，我们宣传文化战线的同志能够运用主题宣传、思想教育、典型引领、节日活动、环境布置等形式开展宣传、营造氛围，但对如何通过广泛、深入而持久的社会宣传来传承文化精神、塑造国民性格、培育文明风尚、化解社会矛盾、鼓舞民族斗志，尚缺乏一套细致的、持久的机制和做法。此次市委选派干部到文明古国——意大利进行社会宣传主题培训，既体现了市委对当前思想价值多元化、文化传播全球化给社会宣传工作带来巨大挑战的清醒认识，也体现了市委借助此次培训使我市宣传干部开阔眼界、提高本领，进而推动我市社会宣传工作的殷切希望。

社会宣传工作既是思想教育活动，又是社会传播和社会沟通活动。要取得社会宣传工作培训的实效，就需要在了解、学习意大利社会宣传理论的同时，考察、研究意大利社会宣传的成功做法。为此，本次培训坚持"三个结合"，即教师授课与课堂互动相结合、理论学习和实地考察相结合、集体讨论和个人自学相结合。通过考察、听课、座谈、车厢宣讲等学习形式，不仅使学员在宽松环境和愉悦氛围中学习到了多方面的社会宣传知识，还从现场观摩和互动中获得了丰富生动的实际体验。

二、意大利社会宣传的主要做法

一是在主题设置上：政治性话题社会化表达。我们在学习和考察中深深感到，在意大利，意识形态不仅没有终结，相反体现在社会生活的方方面面。但表现意大利主流意识形态价值的如民族认同、国家统一、社会责任等宣传主题的设置及其宣传教育活动，并不是从政治层面的宏大叙事出发进行自上而下的层层动员、政府推动，而是从社会日常生活或现象入手，通过诸如提醒人们喧哗也是污染、尊重不同意见的人、意大利人身份认同等广告宣传，潜在地将遵守社会公德、尊重个人权利、弘扬民族观念等意识形态价值理念渗透进受众的头脑，促进人们思想价值观念的统一。

二是在宣传方式上：平等沟通代替生硬宣传。意大利社会宣传主要依靠宗教组织的布道活动及协会、基金会的宣传项目推动。在具体方法上，宗教组织主要是通过启发人们的宗教意识、激发人们的宗教情怀来讲经布道；协会、基金会则往往从人们日常生活中看得见、摸得着的身边事出发，通过社会沟通、平等交流等方式吸引人们参与，使人们在利益驱动下主动参与，在互动共享中受到感染，在平等交流中得到启发。例如，意大利慢餐（Slow Food）协会通过向小区居民、中小学校推广"开辟菜园"活动，来提倡一种从容的生活态度，倡导环境保护的理念。这种贴近生活、贴近实际的小切口、低姿态、平等式的宣传方式，比起宏大的、突兀的、冷冰冰的生硬说教，更能拉近宣传者和受众之间的距离，更符合人们的接受心理，因而取得的宣传效果也更好。

三是在宣传主体上：政府调控背景下的社会力量成为主力军。意大利最强有力的社会宣传力量仍然是政府，这种作用主要体现在涉及国家重大主题宣传上的主导地位以及政府提供法律、资金的支持上。例如，意大利庆祝独立150周年活动，就是由总统提议，总统府提出宣传实施意向，政府成立专门委员会推出具体宣传项目，地方政府配合实施。还如，为规范社会宣传活动，意大利政府分别于1990年颁布了223号令，2004年颁布了112号令，对公共、私有或混合媒体传播机构的操作行为进行了规定，要求对文化、社会教育等公益广告，电视应预留出一定的播出时段。再如，为加大对社会宣传的支持力度，意大利政府规定企业每年提取 5‰ 的资金用于社会宣传。但这并不意味着意大利政府走到社会宣传的前台并直接组织开展具体的社会宣传活动，相反，大多数情况下是政府通过制定体现其意识形态价值的法律政策来规范社会宣传活动，提供资助项目以引导社会宣传的方向。在意大利，具体的社会宣传活动主要是由类似罗马电影基金会、意大利文化娱乐管理协会、托斯卡纳旅游文化促进基金会等社会组织来承担的。据统计，意大利社会宣传活动的发起者和推动者，大概是政府占 5%，公共机构占 45%，私人机构或公民个人占 50%。意大利政府通过调动这些社会力量并把它们作为社会宣传的主力、中介或"白手套"，使得意大利社会宣传的意识形态目的更加隐蔽、形式更加灵活、手法更加细腻，但影响却更加入微、更加广泛。从这种意义上说，意大利社会宣传主体的多样化及其宣传活动的民间化，并没有改变其社会宣传的意识形态色彩与价值观实质。

四是在宣传项目来源上：基于公众需求的宣传项目来源多样化。意大利的社会宣传活动主要是通过一个个宣传项目来推动的，这些项目包括健康教育、环保、节能、移民、反毒品、道路安全教育、防治艾滋病、尊重老人等。这些宣传项目少数是由政府提出，大部分则来自社会。一些社会组织或私人企业通过锁定目标人群，收集调查问卷，开展面对面采访，进行项目评估，最后由公司董事会研究确定。在意大利，社会宣传项目基本上都是大众化的，并且都来自人们的日常生活需求；这些项目不仅向人们提出社会存在什么问题，还向大家指出如何解决问题，因而受到大家欢迎。例如，米兰发展性广告基金会曾推出一个关于"多倾听别人意见"的广告宣传项目，该项目来自于对社会公众的调查。原因是意大利人在日常生活中讲话比较快，且喜欢打断别人的话。该广告希望人们说话办事能慢下来，在耐心倾听别人意见后再做决定。这些类似广告所传递的信息和要表达的意义与我们熟悉的时代精神、宏大主题相比显得有点太细小，其宣传操作方式也显得组织太松散、声势太微弱，但恰恰是这种社会宣传方式赢得了普通民众的认同、支持和积极参与，这就是宣传上的"细微之处见精神""宣传引导于无形"的成功之处。这说明，在社会宣传工作中，能不能把握群众心理，能不能切合群众需求，能不能吸引群众参与，已成为衡量宣传活动成败的关键。

五是在宣传载体上：各种文化符号系统都渗透体现其核心价值。符号系统是文化价值的载体，是国家、民族、城市的记忆系统、档案系统和征信系统，它渗透到人们的社会心理、价值观念和生活习惯之中，为国家和民族认同提供了坚实的基础，在社会宣传活动中发挥着极其重要的作用。正因为如此，意大利非常重视文明遗址、节日文化等符号系统的保护、建设、运用和管理。例如，意大利宪法第 33 条把一切古迹遗址、文化艺术品、历史文献都作为国家法律的保护对象。1939 年颁布的意大利文物保护专门法规定文物主要由国家管理，重要的文物都由国家控制。意大利还实行全国文物登记制度，规定不论是私立博物馆还是私有的历史建筑等，其维修或改变用途前都必须上报国家文物管理部门审批。为了更好地保护文物，发挥文物的社会教育作用，意大利政府专门设立了一个文化遗产部，1974年还成立了意大利文化遗产宪兵稽查中心。在经费方面，意大利政府每年投入二十多亿欧元进行文物保护。除此之外，为了发挥罗马电影节的文化影响，拉齐奥大区政府、罗马省政府和市政府还向每届罗马电影节提供约40%的资金资助。在意大利，作为意大利文化宣传载体的宗教、古文明遗址、建筑、哲学、艺术、绘画、节日、制作甚至人本身，无不在每时每刻、或隐或显、或动或静中体现其价值观念，表现其文化特质，展示其精神面貌，让置身其中的人们在不知不觉中受其文化熏陶。可以说，在意大利，真正做到了以项目推动的显性宣传与各种文化符号系统承载的隐性宣传相互依存、相互补充、相互促进。

三、对我们做好社会宣传工作的启示

一是要树立社会宣传新理念，以更加自觉的创新精神推动社会主义核心价值体系和北京精神的宣传。社会宣传从根本上说是说服并争取人心的群众工作，只有强化群众观念，用群众工作的综合手段和方法，才能真正达到社会宣传教育的目的。在社会宣传上，集中式、轰炸式的主旋律宣传有规模、有声势、有影响，但在当前社会转型期社会思潮和价值观念多元、多样、多变，以及人们自主性、选择性日益增强的社会背景下，这种"高、大、全"式的宣传方式不一定能取得实际效果。我们应坚持"从群众中来，到群众中去"的工作方针，树立"社会宣传必须坚持以人为本""社会宣传是社会建设的重要组成部分""社会宣传事业社会办"的新理念，充分考虑时代背景、现实条件和群众心理，不断解放思想，实事求是，与时俱进，开拓创新，变"硬性宣传"为"软性宣传"，化"强迫接受"为"开放接受"。在宣传社会主义核心价值体系和北京精神活动中，不要一上来就高唱主旋律，要从社会生活中去捕捉崇高主题。通过把社会主义核心价值体系和北京精神生活化、大众化、具象化，即将社会主义核心价值体系和北京精神化为群众喜闻乐见的音符、乐剧、绘画、影视剧等，为宣传主题找到具体话题，为具体话题找到故事、案例等鲜活形象，让人们从细节中去寻找意义，在故事中获得感悟，在审美中净化心灵。要换下居高临下的"官本位"面孔，增强社会服务意识，运用社会沟通、公共关系、体验式教育等方式，引导公众参与，强化公众认同。要摒弃强制灌输的僵硬做法，通过繁荣发展先进文化，积极营造育人环境，更加注重文化熏陶，使社会主义核心价值体系和北京精神的社会宣传做到"春风化雨，润物无声"。

二要培育完善各种社会宣传力量，调动社会资源进行社会宣传。社会宣传面向的是社会大众，承担的是为国家的改革发展稳定提供理论指导、舆论力量、精神支柱和文化条件的任务。对这样一项涉及面广、政策性强、任务艰巨复杂的社会系统工程，仅靠政府单打独斗是不行的，在社会宣传工作上，"一花独放不是春，百花齐放春满园"。要打破依靠政府包办社会宣传的旧框框，在党委政府正确领导下，消除部门、行业界限，整合各种社会资源，把宣传部门和各政府部门有机结合起来，把党委政府和社会团体、非营利机构、企业、公民有机结合起来，千方百计调动各种社会力量的积极性，引导大家共同开展社会宣传工作，充分彰显社会宣传的巨大功能与社会效益。建议考虑成立介于政府和公众之间的社会组织——××市社会传播联盟，规定除了政府提供资金支持，还可以吸纳社会资金，并将其打造成为具有透明性、公正性和高社会信任度的公益组织。在政府指导下，从生活习惯、邻里关系、爱心故事入手，每年确定一个宣传主题，侧重宣传社会主义核心价值体系和北京精神，引导公众增强法律意识、道德意识和科学意识，帮助社会逐步提升文明水平。

三要探索完善社会宣传的手段方式，形成科学、持久的社会宣传工作模式。手段方式是社会宣传活动的必要工具和桥梁，是确保宣传目标和宣传主题得以顺利实现的途径和中介，其选择和运用状况在某种程度上决定了社会宣传的广度和深度。甚至可以说，在某种宣传目标和宣传主题确定以后，宣传手段和方式就成为决定性的因素。过去有的地方忽视宣传手段建设和方式运用，导致社会宣传有主题没载体，有战役没阵地，有激情没着落，初始轰轰烈烈，最后不了了之。要彻底改变这种虎头蛇尾式的"社会宣传"，首先在主题设置上，要通过社会调研、公众调查、群众评议等方式找准宣传主题与群众需求的结合点，着力在"结合、转化、提升"上下功夫，努力为社会宣传找到深厚的群众基础、强大的内在驱力，力图将社会宣传倡导的规范和价值化为群众自觉的思维和自愿的行动。其次要持续，社会宣传不能"只行春风、不问秋雨"，要建立社会宣传的长效机制，投入相当的精力、时间和资金，通过一以贯之的文化遗产保护、宣传阵地建设和文明习惯培养，引导全社会礼敬文化传统，守望文明价值，提升文明境界，营造社会共有的精神家园。再次要科学，要将社会宣传放在社会沟通、社会传播、公共关系的学科体系中进行审视，把传统宣传资源的充分运用与现实经济社会发展相结合，与公民精神世界变化相呼应，与文化符号载体建设相匹配，与新兴媒体发展相切合，推动政府主导、社会协同、公民参与的现代社会宣传模式早日形成。

2011 年 12 月

后　记

　　人，在世上走这一遭，如同"万里长征"，一般说来，谁都想把每一步走得有思想、有意义、有价值，也想给今人和后世留点什么，为他人、为家庭、为社会做些贡献，让人看到自己在世上留下的足迹与身影，以体现自己的存在，没有枉活一生。春秋时期，鲁国贤臣叔孙豹把能够影响他人的言行归纳为三个方面，就是立德、立功、立言，此之谓"三不朽"。先人们多以"三不朽"垂范后昆，我们应学习传承。我想，"立德"是一生大事，贯穿于日常工作生活的方方面面，为人处事要心存善良，积善行德。德行好自己受益，还惠及子孙，因此，要一生努力为之。"立功"之事，我如今就难有出息和作为了。现已退休赋闲，渐入老境，再立功建业恐怕是无能为力了。"立言"之事尚可以做，而且应该做。大半辈子过去了，也见过了不少人，经过了不少事，有成功有失败，有顺境有逆境，也有苦思与感悟。成功失败都是财富，酸甜苦辣都有营养。趁着身体尚好且时间充裕，静下心来把这些财富、营养、感悟进行梳理、提炼，把对人生、对社会、对自然的认识和观

243

点，以散文为主要形式表现出来，这样对提升自己是有益处的，对读者也许能有点帮助。这就是我整理和撰写此书的初衷。

此书分为"涛韵""留白"和"饭碗"三辑，各辑各有侧重又相互联系。有些文章是多年前写的，大多是近些年写的。从书中可看出我认识发展的轨迹。我在整理和撰写过程中，有兴奋也有苦恼；有时思绪万千，有时又不知从何处写起。正像著名作家贾平凹所说："沧海桑田，沉浮无定，有许许多多的事一闭眼就想起，有许许多多的往事总不愿去想，有许许多多的事常在讲，有许许多多的事总不愿意讲。"受贾平凹这句话启发，把"总不愿去想"和"总不愿意讲"的事隐去，就把"许许多多的事一闭眼就想起"和"有许许多多的事常在讲"的写出来。随想随写，以文释怀，聊以自遣，且志因缘。我天资愚钝不聪慧，才疏学浅，观察分析问题还显浅薄，写出的文章定是不深刻，故此书原取名为"疏浅集"。文稿送中国文史出版社后，出版社编辑部主任觉得换个书名为好，之后几经推敲便定为《山后的秋》。"山后的秋"有其特定含义：我们这个年龄段就像四季中的秋天，经过了春的萌发、夏的生长，才到了秋的成熟与多彩。我们人生中逾越过许多沟沟坎坎、山山水水，也经过了人生的两季——青涩的少年、炽热的青年，来到这沉稳的中年。人生的秋天，少了功名利禄的诱惑，多了些积累与感悟，洗掉了许多铅华，身心是轻松自在的，更多地回归了人的本真，对人生、对社会、对自然的认识就较为客观与真实了。

在工作压力大、生活节奏快、网络如此发达的今天，我觉得迟缓的笔尖总是跟不上人们跳荡的思绪，能静下来读书的人已是不易。如果谁在孤独憋气、劳心费神地写文章，可能会有人言你迂腐。但我想，喜欢文字的人，只是乐意与文字相伴，有时间就愿意躲到文字里，写上几句想说的话，心便舒畅。至于他人，看与不看，懂与不懂，也无妨。

唐代现实主义诗人白居易说："文章合为时而著。"这个"为时"，是说文章是时代的反映，是时代特殊的记忆方式。文章中所写的一草一木、一言一行、一人一事无不打上时代的烙印，也无不打上作者的世界观、人生观、价值观的烙印。我读名家经典散文后感到，他们的文章多是看似平常却思想深刻、镌有时代印痕的短章。英国散文家密斯说："欲写成小品文者，只需有一伶俐的耳目，有一沉着的心思，而能自平凡事物中找出无数的暗示。"这种"暗示"就应是作者想要说的东西吧。当然，这种"暗示"就靠读者自己去领悟了。"一千个读者就有一千个哈姆雷特。"仁者见仁，智者见智。

我在整理和撰写此书的过程中，得到很多朋友的关心帮助和支持。北京卫戍区原副司令员李建设将军为书作序，中国书法家协会、北京书法家协会会员、军旅书法家阎焰先生题写书名，大哥张克宗给予很多指导帮助，在此深表谢意！

2021 年 12 月 29 日

图书在版编目（CIP）数据

山后的秋 / 张宗宪著. -- 北京：中国文史出版社，
2023.1

ISBN 978-7-5205-3636-3

Ⅰ．①山… Ⅱ．①张… Ⅲ．①散文集-中国-当代
Ⅳ．①I267

中国版本图书馆 CIP 数据核字（2022）第 160136 号

责任编辑：牟国煜

出版发行：中国文史出版社

社　　址：北京市海淀区西八里庄路 69 号院　　邮编：100142
电　　话：010-81136606　81136602　81136603（发行部）
传　　真：010-81136655
印　　装：北京新华印刷有限公司
经　　销：全国新华书店
开　　本：720×1020　1/16
印　　张：16.25　　字数：171 千字
版　　次：2023 年 1 月第 1 版
印　　次：2023 年 1 月第 1 次印刷
定　　价：58.00 元